U0116888

小学生经典人物传记

世界历史名人传

吴新勋　著　康鲁雷　绘

著作权合同登记号:图字01-2010-5702号
本书由中国台湾风车图书出版有限公司授权,独家出版中文简体字版

图书在版编目(CIP)数据
音乐家的故事 / 吴新勋著;康鲁雷绘. - 北京:九州出版社, 2010.10
(小学生经典人物传记.世界历史名人传)
ISBN 978-7-5108-0667-4

Ⅰ.①音… Ⅱ.①吴… ②康… Ⅲ.①音乐家-列传-世界-少年读物 Ⅳ.①K815.76-49

中国版本图书馆CIP数据核字(2010)第184244号

音乐家的故事

作　者　吴新勋 著　康鲁雷 绘
出版发行　九州出版社
出 版 人　徐尚定
地　址　北京市西城区阜外大街甲35号(100037)
发行电话　(010)68992190/2/3/5/6
网　址　www.jiuzhoupress.com
电子信箱　jiuzhou@jiuzhoupress.com
印　刷　北京兰星球彩色印刷有限公司
开　本　650毫米×1080毫米　12开
印　张　13.5
字　数　110千字
版　次　2010年10月第1版
印　次　2010年10月第1次印刷
书　号　ISBN 978-7-5108 0667-4
定　价　19.80元

★ 版权所有　侵权必究 ★

目录

近代西洋音乐的开山鼻祖

巴　赫

（1685年—1750年）

bā hè yú nián chū shēng zài dé guó de āi sēn nà hè chéng bā
巴赫于1685年出生在德国的埃森纳赫城。巴
hè jiā zú shì yīn yuè shì jiā zǔ fù fù qīn xiōng dì hé xǔ duō qīn qi dōu
赫家族是音乐世家，祖父、父亲、兄弟和许多亲戚都
shì yīn yuè jiā zài bā hè de ér zi zhōng yě yǒu jǐ wèi shì yīn yuè jiā yīn
是音乐家，在巴赫的儿子中也有几位是音乐家，因
cǐ zài liǎng bǎi nián zhī jiān zhè ge jiā zú yí gòng chū xiàn duō wèi yīn yuè
此，在两百年之间，这个家族一共出现50多位音乐
jiā suǒ yǐ bā hè de xìng shì zài dāng dì jiǎn zhí chéng le yīn yuè jiā
家。所以，“巴赫”的姓氏在当地简直成了“音乐家”
de tóng yì cí zhè lǐ de chéng mén shang yě kè zhe zhè yàng de cí jù
的同义词。这里的城门上也刻着这样的词句：
yīn yuè cháng zài wǒ men de shì zhèn shàng huí xiǎng
“音乐常在我们的市镇上回响。”

bā hè de fù qīn shì wèi yuè shī píng shí zài jiào táng li tán guǎn fēng
巴赫的父亲是位乐师，平时在教堂里弹管风
qín yě huì bèi yāo qǐng zài hūn lǐ shàng yǎn zòu yīn yuè cóng bā hè chū shēng
琴，也会被邀请在婚礼上演奏音乐。从巴赫出生
qǐ fù qīn měi wǎn dōu huì wèi tā lā xiǎo tí qín zhí dào bā hè dài zhe wēi
起，父亲每晚都会为他拉小提琴，直到巴赫带着微

xiào shuì zháo cái tíng xia lai bā hè de mǔ qīn gāo xìng de shuō nǐ kàn ér
笑睡着才停下来。巴赫的母亲高兴地说："你看，儿
zi xǐ huan nǐ de xiǎo tí qín xié zòu qǔ
子喜欢你的小提琴协奏曲。"

fù qīn dé yì de shuō zhè me hǎo tīng de xié zòu qǔ shéi dōu huì xǐ
父亲得意地说："这么好听的协奏曲谁都会喜
huan ér qiě wǒ xiāng xìn wǒ de xiǎo bā hè shì hěn yǒu yīn yuè tiān fù de
欢，而且，我相信我的小巴赫是很有音乐天赋的，
jiù xiàng tā gē ge kè lǐ sī tuō fū yí yàng
就像他哥哥克里斯托夫一样。"

kè lǐ sī tuō fū shòu dào fù qīn de xūn táo cóng
克里斯托夫受到父亲的熏陶，从
xiǎo jiù xǐ huan yīn yuè ér qiě hěn yòng gōng fù qīn
小就喜欢音乐，而且很用功，父亲
duì tā de qī wàng hěn gāo xiàn zài tā zhèng gēn suí yí
对他的期望很高，现在他正跟随一
wèi míng shī xué xí guǎn fēng qín
位名师学习管风琴。

hé jiā zú li de qí tā hái zi yí yàng bā hè
和家族里的其他孩子一样，巴赫

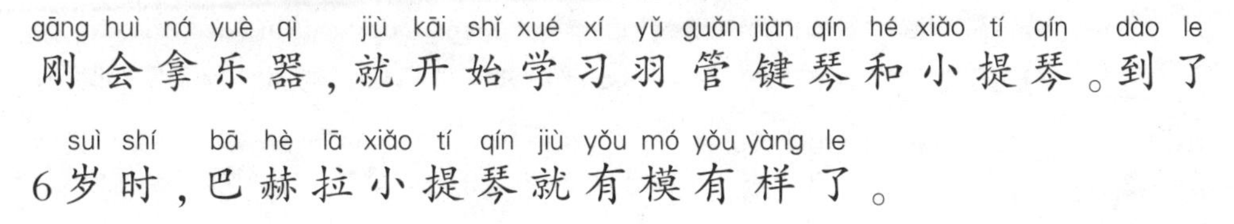

gāng huì ná yuè qì jiù kāi shǐ xué xí yǔ guǎn jiàn qín hé xiǎo tí qín dào le
刚会拿乐器，就开始学习羽管键琴和小提琴。到了
suì shí bā hè lā xiǎo tí qín jiù yǒu mó yǒu yàng le
6岁时，巴赫拉小提琴就有模有样了。

yǒu yì tiān qīng chén bā hè de mǔ qīn xǐng lái shí fā xiàn bā hè bú zài
有一天清晨，巴赫的母亲醒来时发现巴赫不在
chuáng shang mǔ qīn jí máng wū qián wū hòu sì chù xún zhǎo kě shì réng rán
床上。母亲急忙屋前屋后四处寻找，可是仍然
méi yǒu fā xiàn bā hè de zōng yǐng mǔ qīn shí fēn jīng huāng gǎn jǐn bǎ zhàng
没有发现巴赫的踪影，母亲十分惊慌，赶紧把丈
fu jiào xǐng kuài qǐ lai ér zi bú jiàn le
夫叫醒："快起来，儿子不见了。"

fù qīn fān shēn qǐ lai kàn le kàn qiáng shang shuō bú yào jǐn zhāng nǐ
父亲翻身起来，看了看墙上，说：“不要紧张，你
kàn tā de wéi ào ěr qín yě bú zài tā yí dìng shì pà chǎo xǐng wǒ men
看，他的维奥尔琴也不在，他一定是怕吵醒我们，
pǎo dào shān gǔ qù liàn qín le
跑到山谷去练琴了。”

mǔ qīn zháo jí de shuō xiàn zài tiān gāng liàng wàn yī chū le shì zěn me
母亲着急地说：“现在天刚亮，万一出了事怎么
bàn wǒ men gǎn kuài qù zhǎo zhao ba
办？我们赶快去找找吧。”

fū qī liǎ yán zhe wū hòu de xiǎo jìng xiàng shān gǔ pǎo qù tā men chuān
夫妻俩沿着屋后的小径向山谷跑去。他们穿
guo yí piàn xiǎo shù lín bù yuē ér tóng de tíng xia jiǎo bù yuán lái tā men tīng
过一片小树林，不约而同地停下脚步，原来他们听
dào yí zhèn yōu yáng de qín shēng cóng qián fāng bù yuǎn chù de shān gǔ chuán lái
到一阵悠扬的琴声从前方不远处的山谷传来。
fū qī liǎ xiāng shì yí xiào shǒu qiān zhe shǒu huǎn bù qián xíng tā men kě bù
夫妻俩相视一笑，手牵着手缓步前行，他们可不
xiǎng dǎ rǎo bā hè liàn qín ne
想打扰巴赫练琴呢！

zài shān gǔ zhōng bā hè zhèng jù jīng huì shén de lā fù qīn wèi tā xiě
在山谷中，巴赫正聚精会神地拉父亲为他写
de liàn xí qǔ wán quán méi yǒu zhù yì fù mǔ de dào lái fū qī liǎ zhàn zài
的练习曲，完全没有注意父母的到来。夫妻俩站在
bā hè hòu miàn shù mǐ zhuān zhù de líng tīng zhe zhí
巴赫后面数米，专注地聆听着，直
dào bā hè yì qǔ lā wán mǔ qīn cái pāi zhe
到巴赫一曲拉完，母亲才拍着
shǒu zàn měi de shuō ér zi nǐ lā de
手，赞美地说：“儿子，你拉得
zhēn hǎo
真好！”

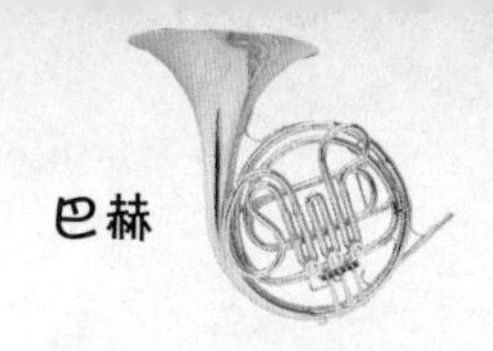

bā hè xià le yí tiào zhuǎn shēn kàn dào fù mǔ qīn xīng fèn de
巴赫吓了一跳，转身看到父母亲，兴奋地
shuō bà ba mā ma zǎo ān zhè shǒu liàn xí qǔ
说："爸爸、妈妈早安！这首练习曲
wǒ zǒng shì lā bu hǎo jīn tiān zǒng suàn kě yǐ
我总是拉不好，今天总算可以
le wǒ lā gěi nǐ men tīng hǎo ma
了。我拉给你们听好吗？"

fù qīn jiāng tā bào qi lai qīn le qīn tā de
父亲将他抱起来，亲了亲他的
liǎn jiá shuō nǐ lā de hěn hǎo wǒ men gāng cái yǐ
脸颊，说："你拉得很好，我们刚才已
jīng zǐ xì tīng guo le huí jiā ba nǐ mā ma hái yào zuò
经仔细听过了。回家吧！你妈妈还要做
zǎo cān gěi wǒ men chī ne
早餐给我们吃呢！"

yú shì ge rén yíng zhe chū shēng de yáng guāng hēng zhe gē qīng kuài
于是，3个人迎着初升的阳光，哼着歌，轻快
de wǎng jiā li zǒu
地往家里走。

bā hè suì de liǎng nián jiān hěn bú xìng fù mǔ qīn xiāng jì qù
巴赫9~10岁的两年间，很不幸父母亲相继去
shì tā zhǐ hǎo dài zhe dì di lí kāi āi sēn nà hè tóu bèn zài ào dé tuō
世，他只好带着弟弟离开埃森纳赫，投奔在奥德托
fū bù cūn dān rèn jiào táng guǎn fēng qín shī de gē ge kè lǐ sī tuō fū
夫布村担任教堂管风琴师的哥哥克里斯托夫。

zhǎng xiōng rú fù kè lǐ sī tuō fū rè qíng de yíng jiē liǎng wèi dì di
长兄如父，克里斯托夫热情地迎接两位弟弟，
tā suī rán yǐ jīng qǔ qī shēng zǐ jiā jìng yě bú fù yù dàn shì réng rán jìn
他虽然已经娶妻生子，家境也不富裕，但是仍然尽
xīn jìn lì de zhào gù dì di men de shēng huó sòng tā men shàng xué jiāo tā
心尽力地照顾弟弟们的生活，送他们上学，教他

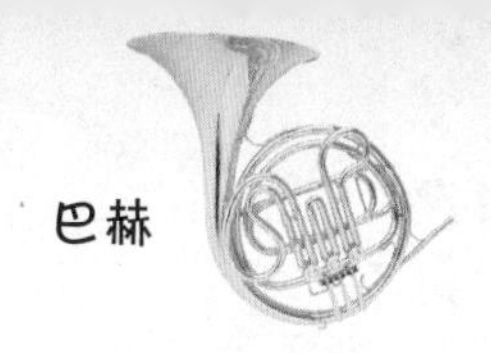

men tán yǔ guǎn jiàn qín guǎn fēng qín lā xiǎo tí qín xué xí yīn yuè lǐ lùn
们弹羽管键琴、管风琴，拉小提琴，学习音乐理论

zhī shi wéi yī yí hàn de shì quē shǎo le nà fèn ài nà fèn bù yīng gāi
知识……唯一遗憾的是缺少了那份爱，那份不应该

quē shǎo de fù mǔ zhī ài
缺少的父母之爱。

zài fù mǔ hái méi yǒu qù shì qián bā hè shì lā dīng yǔ xué xiào zhōng chū
在父母还没有去世前，巴赫是拉丁语学校中出

lèi bá cuì de xué sheng hái zài yuè duì zhōng yǎn chàng zōng jiào gē qǔ fù mǔ
类拔萃的学生，还在乐队中演唱宗教歌曲。父母

qīn qù shì hòu tā biàn de gèng jiān qiáng gèng nǔ lì zhè kě néng shì tā duì
亲去世后，他变得更坚强，更努力，这可能是他对

yīn yuè de ài hào yǐ jīng zú yǐ chōng shí tā de xīn líng zhì yú qí tā de
音乐的爱好已经足以充实他的心灵，至于其他的，

tā yě jiù bú tài zài hu le
他也就不太在乎了。

bú guò tā yě yǒu bù mǎn yì de dì fang nà jiù shì gē ge de jiào
不过，他也有不满意的地方，那就是哥哥的教

xué fāng fǎ tài chuán tǒng quē fá chuàng yì ér tā méi wán méi liǎo de tí
学方法太传统，缺乏创意。而他没完没了的提

wèn yě shǐ kè lǐ sī tuō fū hěn bú nài fán
问，也使克里斯托夫很不耐烦。

kè lǐ sī tuō fū sōu jí le bù shǎo dāng shí zhù míng de yuè pǔ yóu yú
克里斯托夫搜集了不少当时著名的乐谱，由于

fēi cháng zhēn guì tā bǎ yuè pǔ fàng zài chuáng biān de chú guì li kè lǐ sī
非常珍贵，他把乐谱放在床边的橱柜里。克里斯

tuō fū céng zài tán huà zhōng tòu lòu yǒu zhè yàng de yuè pǔ bā hè hěn kě wàng
托夫曾在谈话中透露有这样的乐谱，巴赫很渴望

néng kàn dào zhè xiē yuè pǔ rán ér tā jǐ cì yāo qiú dōu zāo dào gē ge jù
能看到这些乐谱，然而他几次要求都遭到哥哥拒

jué nǐ hái xiǎo bú shì hé kàn zhè me gāo shēn de yuè pǔ
绝：“你还小，不适合看这么高深的乐谱。”

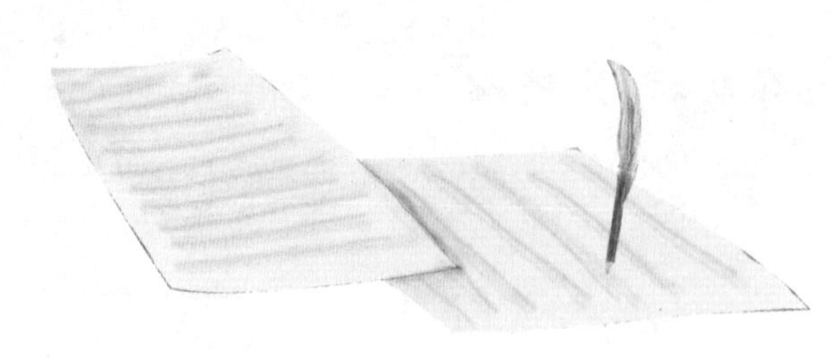

可是，他哥哥克里斯托夫根本不知道巴赫是音乐奇才，一般的乐谱根本无法满足他，所以哥哥的拒绝反而激起他更大的好奇心。

有一天晚上，巴赫躺在床上辗转反侧，看着窗外皎洁的月光，脑海里却一直盘算着乐谱的事。他听到隔壁房间传来哥哥熟睡的打呼声，于是巴赫有了一个冒险的念头："我何不趁哥哥睡着时，把乐谱偷出来抄写，天亮前再放回去。"

巴赫轻轻推开哥哥的房门，看到哥哥和嫂子睡得正熟，就缓缓地打开橱柜，小心翼翼地拿出那些珍贵的乐谱，回到自己的房间，借着微弱的月光，吃力地抄写。到了公鸡啼叫时，才依依不舍地把乐谱放回原位。

虽然一夜没有合眼，但是获得乐谱的喜悦，使巴

赫看不出一点疲态。

如此日复一日，只要有月光的晚上，巴赫就会溜进哥哥房间，把乐谱拿回房间抄写。半年后，巴赫已经抄写了厚厚一叠。这天晚上，他又在月光下吃力地辨认乐谱上的音符时，一个愤怒的声音在他身后响起：“你在做什么？”

巴赫吓得全身颤抖，支支吾吾地说不出话来。

秘密被克里斯托夫发现了，哥哥大发雷霆，对巴赫吼道：“你太不像话了，竟敢没有征求我的同意，就偷抄我的乐谱，你还把我这个哥哥放在眼里吗？”

哥哥一把夺过巴赫费了半年时间所抄写的乐谱，准备撕毁。巴赫苦苦哀求说：“哥哥，我不是不尊重你，而是我实在太喜欢这些乐谱了，可是你又不让我看，我是没有办法才如此做的，请您原谅我。”

正在气头上的克里斯托夫不肯接受巴赫的解释，把巴赫抄写的乐谱撕得粉碎，扔进壁炉里。

巴赫简直要崩溃了，但是，是自己有错在先，他也不敢埋怨哥哥。

不过，巴赫的心血并没有白费，因为这位音乐天才早已把乐谱牢牢记在脑中。

不久后，嫂子生了个小宝宝，原本就不富裕的克里斯托夫生活更加艰辛了。巴赫看在眼里，心里很着急，想要外出自力更生。

15岁那年，巴赫离开了哥哥家。由于巴赫在学校成绩非常优异，老师就推荐他到卢内堡的米夏埃利斯教堂唱诗班。

米夏埃利斯教堂唱诗班的负责人看到巴赫，说："要加入唱诗班必须先通过面试，合格后才能留下来，你先清唱一首圣歌吧！"

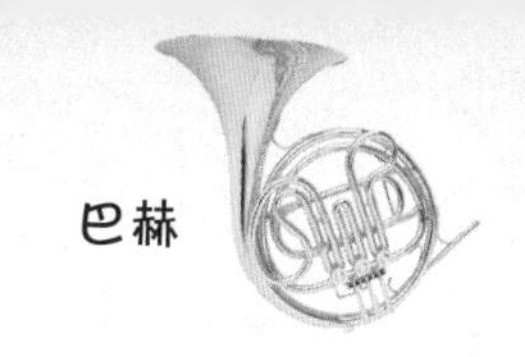

bā hè zài xué xiào bèi chēng wéi bǎi líng niǎo shēng
巴赫在学校被称为“百灵鸟”，声

yīn qīng cuì dòng tīng suǒ yǐ dāng tā chàng wán yì shǒu
音清脆动听。所以，当他唱完一首

shèng gē shí sì zhōu xiǎng qǐ rè liè de zhǎng shēng
圣歌时，四周响起热烈的掌声。

fù zé rén mǎn yì de shuō hěn hǎo nǐ hái huì shén
负责人满意地说：“很好，你还会什

me yuè qì
么乐器？”

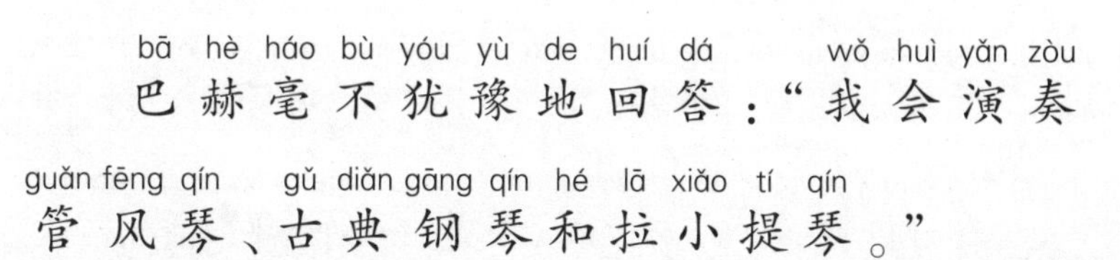

bā hè háo bù yóu yù de huí dá wǒ huì yǎn zòu
巴赫毫不犹豫地回答：“我会演奏

guǎn fēng qín gǔ diǎn gāng qín hé lā xiǎo tí qín
管风琴、古典钢琴和拉小提琴。”

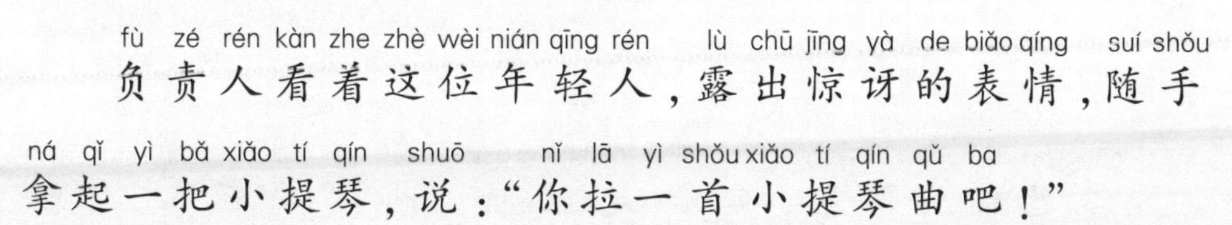

fù zé rén kàn zhe zhè wèi nián qīng rén lù chū jīng yà de biǎo qíng suí shǒu
负责人看着这位年轻人，露出惊讶的表情，随手

ná qǐ yì bǎ xiǎo tí qín shuō nǐ lā yì shǒu xiǎo tí qín qǔ ba
拿起一把小提琴，说：“你拉一首小提琴曲吧！”

bā hè xiǎng yě méi xiǎng jiē guo xiǎo tí qín yì shǒu liú chàng yōu měi
巴赫想也没想，接过小提琴，一首流畅、优美

de yuè qǔ jiù liú xiè ér chū
的乐曲就流泻而出。

kàn zhe bā hè lā xiǎo tí qín de táo zuì shén qíng tīng zhe yōu měi de xuán
看着巴赫拉小提琴的陶醉神情，听着优美的旋

lǜ fù zé rén hǎo xiàng jiǎn dào bǎo yí yàng yì qǔ wán hòu mǎ shàng shuō
律，负责人好像捡到宝一样，一曲完后，马上说：

wǒ yì nián gěi nǐ ge jīn bì rú guǒ nǐ tóng yì de huà jiù liú xia lai
“我一年给你12个金币，如果你同意的话，就留下来

ba
吧！”

bā hè xīng fèn de huí dá xiè xie wǒ yuàn yì wǒ zhōng yú kě yǐ
巴赫兴奋地回答：“谢谢，我愿意，我终于可以

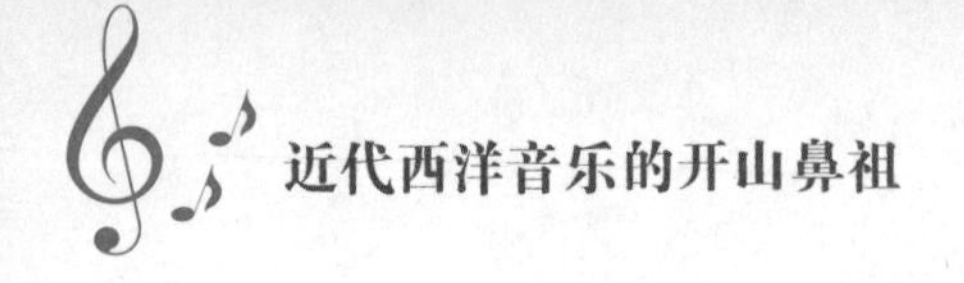

zì shí qí lì le
自食其力了。”

bā hè zài mǐ xià āi lì sī jiào táng chàng shī bān gōng zuò shí měi tiān
巴赫在米夏埃利斯教堂唱诗班工作时，每天
zǎo shang dōu zài jiào táng qián de kòng dì liàn xí guǎn fēng qín rán hòu jìn rù jiào
早上都在教堂前的空地练习管风琴，然后进入教
táng zuò chén dǎo zhè chéng le tā měi tiān de bì xiū kè
堂做晨祷，这成了他每天的必修课。

yǒu yì tiān bā hè zhèng zài liàn xí guǎn fēng qín shén xué yuàn de xiào
有一天，巴赫正在练习管风琴，神学院的校
zhǎng gāng hǎo jīng guò tīng dào yōu měi de qín shēng bù jīn tíng xia lai zǐ xì
长刚好经过，听到优美的琴声，不禁停下来仔细
líng tīng dāng xiào zhǎng kàn dào yǎn zòu de rén jìng rán shì yí ge nián qīng xiǎo huǒ
聆听。当校长看到演奏的人竟然是一个年轻小伙
zi shí chī le yì jīng
子时，吃了一惊。

děng bā hè yǎn zòu wán xiào zhǎng zǒu shang qián wèn nián qīng rén nǐ jiào
等巴赫演奏完，校长走上前，问：“年轻人，你叫
shén me míng zi nǐ yǎn zòu de shí zài shì tài yōu měi le
什么名字？你演奏得实在是太优美了。”

bā hè shuō xiào zhǎng xiè xie nín de kuā
巴赫说：“校长，谢谢您的夸
jiǎng wǒ jiào bā hè gāng lái chàng shī bān bù jiǔ
奖，我叫巴赫，刚来唱诗班不久。”

xiào zhǎng yòu chī le yì jīng shuō nǐ rèn shi
校长又吃了一惊，说：“你认识
wǒ
我？”

bā hè gōng jìng de shuō wǒ cháng tīng zhè lǐ
巴赫恭敬地说：“我常听这里
de rén tí qǐ nín shuō nín shì yí wèi liǎo bu qǐ de
的人提起您，说您是一位了不起的

人，其实，我也一直渴望能进入神学院就读。”

校长微笑着说：“既然你有心想进神学院就读，我就让你如愿。”

巴赫很吃惊，一时之间不知道如何回答，只是呆呆地望着校长。

从此以后，巴赫做完唱诗班的工作，就到神学院学习。他喜欢上图书馆阅读有关神学和音乐的书。一个偶然的机会，他发现这里竟然收藏着大量昔日音乐大师的作品。

他喜出望外，手不释卷地读着、抄写着。对巴赫来说，这里简直是一座宝库，任凭他挖掘，也为他日后的作曲奠定了良好的基础。

转眼间，巴赫在卢内堡已经待了3年，在当地也小有名气。可是，就在这

shí tā de sǎng zi chū le wèn tí wú fǎ zài chàng chū yōu měi de gē qǔ
时，他的嗓子出了问题，无法再唱出优美的歌曲。
yīn cǐ tā bù néng zài liú zài chàng shī bān le zhè shǐ tā fēi cháng jǔ sàng
因此他不能再留在唱诗班了，这使他非常沮丧。

bú guò tiān wú jué rén zhī lù chàng shī bān de fù zé
不过，天无绝人之路，唱诗班的负责
rén fēi cháng shǎng shí bā hè tí yì shuō yǐ nǐ xiàn
人非常赏识巴赫，提议说：“以你现
zài de néng lì dān rèn guǎn fēng qín shǒu yīng gāi chuò
在的能力，担任管风琴手应该绰
chuò yǒu yú rú guǒ nǐ yuàn yì wǒ jiù pìn qǐng
绰有余，如果你愿意，我就聘请
nǐ wéi guǎn fēng qín shǒu
你为管风琴手。”

zhè ge hǎo xiāo xi ràng bā hè gāo xìng de shǒu wǔ zú
这个好消息让巴赫高兴得手舞足
dǎo cóng cǐ gèng jiā nǔ lì gōng zuò tā yě méi yǒu fàng qì zài shén xué yuàn
蹈，从此更加努力工作。他也没有放弃在神学院
de xué xí xián xiá shí hái jiāo yì xiē xiǎo hái zi liàn xí yuè qì ne
的学习，闲暇时，还教一些小孩子练习乐器呢！

qín fèn de bā hè lì yòng jiào huì de yuè pǔ bú duàn de zuò yán jiū
勤奋的巴赫，利用教会的乐谱不断地做研究。
wèi le xīn shǎng guǎn fēng qín dà shī lán kěn de yǎn zòu tā tú bù zǒu gōng
为了欣赏管风琴大师兰肯的演奏，他徒步走50公
lǐ dào hàn bǎo hái qián wǎng gèng yuǎn de dì fāng líng tīng dāng dì gōng tíng yuè
里到汉堡；还前往更远的地方聆听当地宫廷乐
tuán suǒ yǎn zòu de fǎ guó yīn yuè cóng ér huò dé xǔ duō líng gǎn yǔ qǐ fā
团所演奏的法国音乐，从而获得许多灵感与启发。

nián bā hè cóng shén xué yuàn bì yè hòu lí kāi lú nèi bǎo zhǎn
1703年，巴赫从神学院毕业后离开卢内堡，辗
zhuǎn chéng wéi wèi mǎ gōng tíng yuè tuán de guǎn fēng qín shǒu yǒu yí cì bā
转成为魏玛宫廷乐团的管风琴手。有一次，巴

hè shòu yāo cān jiā dé léi sī dùn gōng tíng jǔ bàn de yí ge yīn yuè huì
赫受邀参加德雷斯顿宫廷举办的一个音乐会，
lái bīn dōu shì chéng li de guì zú míng liú qí zhōng yě yǒu xǔ duō yīn
来宾都是城里的贵族、名流，其中也有许多音
yuè míng jiā
乐名家。

yīn yuè huì kāi shǐ le shǒu xiān shì yóu fǎ guó zhī míng de gāng qín jiā lù
音乐会开始了，首先是由法国知名的钢琴家路
yì mǎ ěr shān yòng gāng qín yǎn zòu yì shǒu nán dù hěn gāo de fǎ guó yuè qǔ
易·马尔珊用钢琴演奏一首难度很高的法国乐曲。
lù yì mǎ ěr shān chū shén rù huà de yǎn zòu bó dé le dà jiā rè liè de
路易·马尔珊出神入化的演奏，博得了大家热烈的
hè cǎi
喝彩。

zhè shí hou bù zhī dào shì shéi qǐ de hòng ràng bā hè yě shàng qu yǎn zòu
这时候，不知道是谁起的哄："让巴赫也上去演奏
yì qǔ ba
一曲吧！"

tí yì de nà ge rén kě néng shì dù jì bā hè zhī dào bā hè jīng cháng
提议的那个人可能是妒忌巴赫，知道巴赫经常
yǎn zòu de shì guǎn fēng qín ér bú shì gāng qín yīn cǐ xiǎng
演奏的是管风琴而不是钢琴，因此想
ràng tā shàng qu chū chǒu
让他上去出丑。

méi xiǎng dào bā hè bìng méi yǒu jù jué zài zhòng rén
没想到，巴赫并没有拒绝，在众人
de zhǎng shēng zhōng tā qì dìng shén xián de xiàng guān zhòng
的掌声中，他气定神闲地向观众
xíng ge lǐ rán hòu zuò zài gāng qín qián shí zhǐ qīng chù qín
行个礼，然后坐在钢琴前，十指轻触琴
jiàn lù yì mǎ ěr shān yǎn zòu de qǔ mù xuán lǜ piāo yáng
键，路易·马尔珊演奏的曲目旋律飘扬

zài huì chǎng
在会场。

suī rán shì tóng yì shǒu qǔ mù dàn shì zài bā hè de shǒu zhōng yuè qǔ
虽然是同一首曲目，但是在巴赫的手中，乐曲

jí xìng biàn zòu le cì zài chǎng de rén cóng lái bù céng zài yì shǒu qǔ zi
即兴变奏了12次，在场的人从来不曾在一首曲子

zhōng tǐ huì chū zhè me duō zhǒng de gǎn shòu quán dōu táo zuì zài bā hè jīng
中体会出这么多种的感受，全都陶醉在巴赫精

zhàn de yǎn zòu zhōng
湛的演奏中。

bā hè zài wèi
巴赫在魏

mǎ yì dāi jiù shì
玛一待就是9

nián zài zhè qī jiān
年，在这期间，

tā bù tíng de xué
他不停地学

xí bú duàn de jìn
习，不断地进

bù xīn li yǒu shuō
步，心里有说

bu chū de kuài lè
不出的快乐。

hòu lái bā hè
后来，巴赫

yīn dé zuì le gōng jué
因得罪了公爵，

zhǐ hǎo lí kāi wèi mǎ
只好离开魏玛，

lái dào yí ge mò luò
来到一个没落

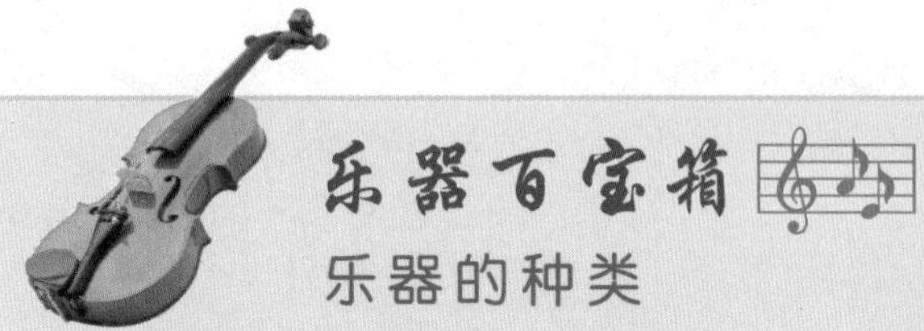

乐器百宝箱

乐器的种类

乐器种类甚多，一般可分为弦乐器、管乐器、敲击乐器三大类。

弦乐器：利用振动丝弦而发声的乐器。

此类乐器均有共鸣箱以增加响度。如大提琴、小提琴、胡琴、吉他、竖琴等。

管乐器：靠空气柱的振动而发声的乐器。

其产生振动的方法有的是利用吹口，如长笛；有的是用簧片，如低音管；铜管乐器则是靠“嘴唇”的振动来引起发声。而依其构成的材料，又可分为木管乐器与铜管乐器两类。

敲击乐器：以手或敲棒敲打发音的乐器，如鼓、钟、三角铁、木鱼等。

也可依乐器材质或演奏方式区分，如：风琴、钢琴等用键盘来演奏音乐的，也可称作键盘乐器。古筝、琵琶、竖琴、曼陀林及吉他等用手指、指甲或拨片来弹拨演奏的，也称作拨弦乐器。

的小王国柯恩。柯恩的王子很喜欢音乐，也很赏识巴赫的才华，任命他为宫廷乐队的队长。

虽然乐队的设施非常差，既没有管风琴，也没有比较新式的乐器，但是这里的生活单纯，可以专心从事创作。巴赫这一时期的主要作品有：《半音阶幻想曲和赋格曲》、《平均律钢琴曲》、《法国组曲》、《英国组曲》及《勃兰登堡协奏曲》。

其中写作《勃兰登堡协奏曲》时有一段故事。当时意大利和法国的音乐是所谓的时尚音乐，许多音乐家为了迎合时尚，都争相模仿，但是巴赫却从不抄袭和模仿，只按照自己的思路去创作。

那时候，一位喜欢附庸风雅的勃兰登堡公爵通过柯恩王子的介绍认识了巴赫，并且很欣赏他的音乐。王子对巴赫说：“如果你想要有更好的前程，这位公爵对你是很有帮助的。要是你能够为他创

zuò yì zǔ yuè qǔ nà me yí dìng huì yíng dé tā de huān xīn duì le gōng
作一组乐曲，那么一定会赢得他的欢心。对了，公
jué bǐ jiào xǐ huan yì dà lì fēng gé de yuè qǔ
爵比较喜欢意大利风格的乐曲。”

bā hè gǎn dào hěn máo dùn zhè suī rán shì yí ge hǎo
巴赫感到很矛盾，这虽然是一个好
jī hui dàn shì què bì xū gǎi biàn zì jǐ de chuàng zuò
机会，但是却必须改变自己的创作
fēng gé jǐ jīng sī kǎo wèi le zì jǐ de qián tú hé jiā rén de shēng huó
风格。几经思考，为了自己的前途和家人的生活，
tā jué dìng wèi gōng jué xiě yì shǒu yì dà lì fēng gé de yuè qǔ
他决定为公爵写一首意大利风格的乐曲。

bā hè kāi shǐ nǔ lì zuān yán yì dà lì de yīn yuè tā fā xiàn zì jǐ
巴赫开始努力钻研意大利的音乐，他发现，自己
yǒu diǎn jiǎo wǎng guò zhèng qí shí yì dà lì yīn yuè yǒu xǔ duō kě qǔ de dì
有点矫枉过正，其实意大利音乐有许多可取的地
fang bìng bú xiàng tā yǐ wǎng xiǎng xiàng de nà me sú qi tā fǎn fù líng
方，并不像他以往想象的那么俗气。他反覆聆
tīng jí qǔ qí zhōng de jīng suǐ cái huá héng yì de bā hè hěn kuài gǎi biān le
听，汲取其中的精髓。才华横溢的巴赫很快改编了
yì shǒu yì dà lì yuè qǔ xiě chéng le zhù míng de bó lán dēng bǎo xié zòu
一首意大利乐曲，写成了著名的《勃兰登堡协奏
qǔ
曲》。

suī rán zhè zǔ yuè qǔ shì wèi bó lán dēng bǎo gōng jué suǒ zuò yǒu diǎn shì
虽然这组乐曲是为勃兰登堡公爵所作，有点势
lì hé yōng sú de wèi dào dàn tóng shí bā hè yě bǎ zì jǐ de lǐ xiǎng fā
利和庸俗的味道，但同时巴赫也把自己的理想发
huī de lín lí jìn zhì jiāng dāng shí guì zú de shē huá hé yì shù wán měi de
挥得淋漓尽致，将当时贵族的奢华和艺术完美地
jié hé qi lai
结合起来。

zài yí cì yàn huì zhōng wáng zǐ jiāng bó lán dēng bǎo gōng jué qǐng dào
在一次宴会中，王子将勃兰登堡公爵请到
wáng gōng bìng yào bā hè zhǐ huī yuè tuán yǎn zòu bó lán dēng bǎo xié zòu qǔ
王宫，并要巴赫指挥乐团演奏《勃兰登堡协奏曲》。
yuè qǔ fēi cháng yōu měi dòng tīng bó lán dēng bǎo gōng jué tīng de jīn jīn yǒu
乐曲非常优美、动听，勃兰登堡公爵听得津津有
wèi yǎn zòu wán hòu bù jīn zhàn le qǐ lái rè liè gǔ zhǎng
味，演奏完后，不禁站了起来，热烈鼓掌。

wáng zǐ xiàng bā hè shǐ le yí ge yǎn sè bā hè jiāng yuè pǔ pěng zài
王子向巴赫使了一个眼色，巴赫将乐谱捧在
shǒu li xiàn gěi gōng jué shuō zūn jìng de gōng jué gé xià zhè zǔ yuè qǔ shì wǒ
手里献给公爵，说："尊敬的公爵阁下，这组乐曲是我
tè bié wèi nín ér zuò de tā jiù jiào bó lán dēng bǎo xié zòu qǔ
特别为您而作的，它就叫《勃兰登堡协奏曲》。"

bó lán dēng bǎo gōng jué tīng le jīng xǐ wàn fēn jiē guo yuè pǔ duì bā
勃兰登堡公爵听了，惊喜万分，接过乐谱，对巴
hè dà jiā zàn yáng huí qu hòu ràng rén chāo lù yuè pǔ yào yuè tuán qín jiā
赫大加赞扬。回去后，让人抄录乐谱，要乐团勤加
liàn xí zhǐ yào yǒu guì kè lái fǎng jiù qǐng tā men yì tóng xīn shǎng bìng qiě
练习。只要有贵客来访，就请他们一同欣赏，并且
jí lì de chēng zàn bā hè yīn cǐ tōng guò bīn kè men de kǒu ěr xiāng
极力地称赞巴赫。因此，通过宾客们的口耳相
chuán bā hè de míng qi jiù gèng jiā yuǎn jìn chí míng le
传，巴赫的名气就更加远近驰名了。

yǒu yí cì yí wèi yīn yuè jiā yāo qǐng bā hè qù
有一次，一位音乐家邀请巴赫去
hàn bǎo cān jiā yàn huì dāng tā jìn rù yàn huì dà tīng
汉堡参加宴会。当他进入宴会大厅
shí yǐ jīng yǒu xǔ duō zhù míng de yīn yuè jiā dào chǎng
时，已经有许多著名的音乐家到场
le yí wèi gāng qín jiā zhèng zài tán zòu yì shǒu bā hè
了。一位钢琴家正在弹奏一首巴赫

cóng lái méi yǒu tīng guo de yuè qǔ tā hěn xīn shǎng de diǎn diǎn tóu wèn lín
从来没有听过的乐曲，他很欣赏地点点头，问邻

zuò de rén qǐng wèn nà wèi gāng qín jiā tán zòu de shì shén me yuè qǔ
座的人："请问，那位钢琴家弹奏的是什么乐曲？"

nà rén huí dá zhè bú shì shén me qǔ zi ér shì zài jí xìng yǎn zòu
那人回答："这不是什么曲子，而是在即兴演奏，

xiǎng dào shén me jiù tán shén me
想到什么就弹什么。"

bā hè xiǎng jí xìng yǎn zòu zhè bú shì wǒ zuì ná shǒu de ma
巴赫想："即兴演奏？这不是我最拿手的吗？"

zhè shí yí wèi bā hè rèn shi de yīn yuè jiā léi yīn kěn shàng tái yǎn
这时，一位巴赫认识的音乐家雷因肯上台演

zòu bā hè biān tīng biān àn zì hè cǎi léi yīn kěn de qín yì yǐ dá dào lú
奏。巴赫边听边暗自喝彩："雷因肯的琴艺已达到炉

huǒ chún qīng de dì bù hěn shǎo yǒu rén néng chāo yuè tā
火纯青的地步，很少有人能超越他。"

léi yīn kěn yǎn zòu wán zhàn qi lai xiàng tái xià de rén qún jū gōng shí
雷因肯演奏完，站起来向台下的人群鞠躬时，

hū rán kàn dào le bā hè yú shì dà shēng shuō xiàn zài wǒ men huān yíng
忽然看到了巴赫，于是大声说："现在，我们欢迎

cóng ke en lái de bā hè xiān sheng wèi wǒ men
从柯恩来的巴赫先生为我们

jí xìng yǎn zòu yì qǔ
即兴演奏一曲。"

suī rán kàn dào bié ren yǎn zòu shí bā
虽然看到别人演奏时，巴

hè yě yǒu lòu yì shǒu de chōng dòng dàn shì
赫也有露一手的冲动，但是

tū rán bèi yāo qǐng shàng tái xīn li yě yǒu
突然被邀请上台，心里也有

diǎn huāng luàn bú guò bā hè hái shì lā la
点慌乱。不过，巴赫还是拉拉

yī fu cóng róng de zǒu shang tái zài dà jiā de zhǎng shēng zhōng zuò zài le
衣服，从容地走上台，在大家的掌声中坐在了
gāng qín qián miàn
钢琴前面。

tā shēn shēn de xī yì kǒu qì xùn sù de zài nǎo hǎi zhōng gòu sī le
他深深地吸一口气，迅速地在脑海中构思了
yì fú měi lì de tú huà yí ge jì jìng de zǎo chen zài yì tiáo pū mǎn luò
一幅美丽的图画：一个寂静的早晨，在一条铺满落
yè de xiǎo jìng shang wēi liáng de qiū fēng xú xú chuī lái yuè ěr dòng tīng de
叶的小径上，微凉的秋风徐徐吹来，悦耳动听的
niǎo míng shēng cǐ qǐ bǐ luò gòu chéng yì fú měi lì de chén jiān jǐng sè
鸟鸣声此起彼落，构成一幅美丽的晨间景色。

bā hè xiǎng zhe xiǎng zhe yōu měi de yīn fú cóng qín jiàn liú xiè ér chū
巴赫想着想着，优美的音符从琴键流泻而出。
zài zuò de bīn kè tīng le dōu bèi zhè yōu yáng de yīn yuè gǎn rǎn fēn fēn bì
在座的宾客听了，都被这悠扬的音乐感染，纷纷闭
shang yǎn jing zǐ xì de líng tīng pǐn wèi fǎng fú jìn rù le yí ge chún jìng
上眼睛，仔细地聆听、品味，仿佛进入了一个纯净
de zì rán shì jiè
的自然世界。

suí zhe xuán lǜ hǎo xiàng yǒu yí wèi měi lì de gū niang zhàn zài xiǎo jìng
随着旋律，好像有一位美丽的姑娘站在小径
shang yǐn jǐng pàn wàng qíng rén de dào lái yǎn jing li chōng mǎn zhe xǐ yuè yòu
上，引颈盼望情人的到来，眼睛里充满着喜悦又
dài diǎn yōu shāng hū rán xuán lǜ biàn de qīng kuài qi lai sì hū shì gū
带点忧伤。忽然，旋律变得轻快起来，似乎是姑
niang de qíng rén zhèng fēi bēn ér lái gū niang
娘的情人正飞奔而来。姑娘
de yōu shāng yì sǎo ér kōng qǔ ér dài zhī de
的忧伤一扫而空，取而代之的
shì jīng xǐ yǔ huān yuè
是惊喜与欢悦。

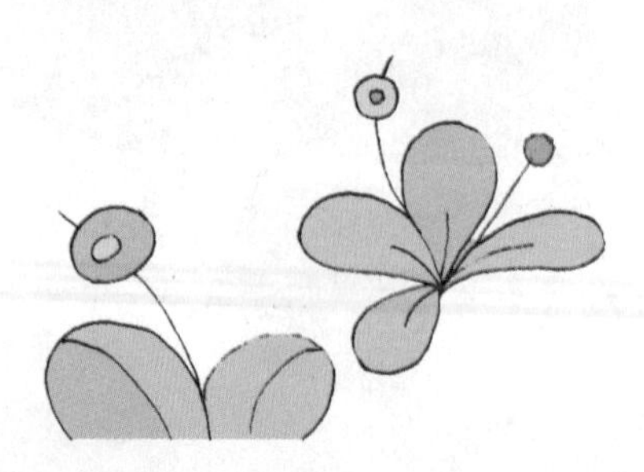

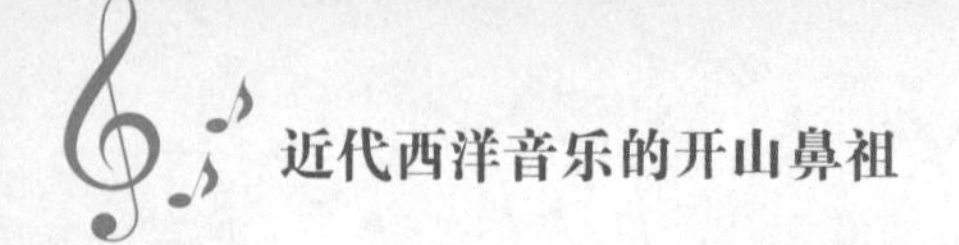

zài zuò de bīn kè dōu cháng cháng de hū chū yì kǒu qì yōu shāng de qì
在座的宾客都长长地呼出一口气，忧伤的气
fēn yě zhú jiàn sàn qù xīn qíng yě gēn zhe kāi lǎng yú kuài qi lai
氛也逐渐散去，心情也跟着开朗、愉快起来。

yǎn zòu wán bì bā hè zhàn qi lai xiàng bīn kè jū gōng dà jiā cái rú
演奏完毕，巴赫站起来向宾客鞠躬，大家才如
mèng chū xǐng zhǎng shēng léi dòng yǒu rén dī shēng duì tóng bàn shuō zhè ge
梦初醒，掌声雷动。有人低声对同伴说：“这个
bā hè zhēn shì liǎo bu qǐ zài jí xìng yǎn zòu shang méi yǒu rén néng gòu bǐ
巴赫真是了不起，在即兴演奏上，没有人能够比
de shàng tā
得上他。”

yǒu rén yāo qiú tā zài tán yí cì bā hè wēi xiào zhe shuō jì rán shì
有人要求他再弹一次，巴赫微笑着说：“既然是
jí xìng yǎn zòu zěn me kě néng tán zòu dì èr cì ne lǎo shí shuō wǒ yě
即兴演奏，怎么可能弹奏第二次呢？老实说，我也
wàng le zì jǐ gāng cái yǎn zòu de shì shén me le
忘了自己刚才演奏的是什么了。”

cóng cǐ yǐ hòu zài yīn yuè jiè bā hè de míng
从此以后，在音乐界，巴赫的名
shēng kě yǐ shuō shì wú rén bù zhī wú rén bù xiǎo
声可以说是无人不知，无人不晓。
kē ēn zhè ge xiǎo wáng guó yǐ jīng méi yǒu bàn fǎ ràng
柯恩这个小王国已经没有办法让
bā hè shī zhǎn cái huá yú shì bā hè lí kāi le kē
巴赫施展才华，于是巴赫离开了柯
ēn tā shēn qǐng le lái bǐ xī shèng tuō mǎ sī jiào
恩，他申请了莱比锡圣·托玛斯教
táng hé chàng tuán zhǐ huī de zhí wèi jīng guò céng céng
堂合唱团指挥的职位。经过层层
yán gé de kǎo yàn bā hè zhōng yú tōng guò le bú
严格的考验，巴赫终于通过了。不

guò lái bǐ xī shì zhèng fǔ tí chū de tiáo jiàn hěn kē kè ràng bā hè hěn nán
过，莱比锡市政府提出的条件很苛刻，让巴赫很难

jiē shòu dàn shì wèi le yǒu yí ge gù dìng de gōng zuò bā hè hái shi miǎn wéi
接受，但是为了有一个固定的工作，巴赫还是勉为

qí nán de qiān le hé yuē
其难地签了合约。

bā hè chú le bì
巴赫除了必

xū bú duàn de wèi lái bǐ
须不断地为莱比

xī gè jiào huì xiě jiào huì
锡各教会写教会

yuè qǔ zhǐ dǎo lǐ bài
乐曲、指导礼拜

shí de yǎn chàng wài hái
时的演唱外，还

yào jiān rèn jiào huì fù shè
要兼任教会附设

xué xiào de yīn yuè jiào
学校的音乐教

shī gōng zuò fēi cháng
师，工作非常

máng lù
忙碌。

gāng kāi shǐ nà jǐ
刚开始那几

nián bā hè měi zhōu dōu
年，巴赫每周都

wèi jiào huì chuàng zuò xīn
为教会创作新

qǔ bā hè de jiào huì
曲。巴赫的教会

复兴巴赫运动

巴赫生前是人们公认的伟大演奏家，但是在他逝后的数十年间，仅仅被认为是次要的作曲家，其作品也多被当成练习曲使用。虽然莫扎特、贝多芬等伟大作曲家均对巴赫的作品崇拜有加，但一直到浪漫主义时代，作曲家舒曼在莱比锡的图书馆中发现巴赫的《马太受难曲》，并且在1829年，由作曲家门德尔松在音乐会上指挥演奏，才震惊了音乐界，宣告“复兴巴赫”运动的开始。此后门德尔松对巴赫的作品进行了发掘、整理和大力推广。

浪漫主义时期的作曲家多推崇巴赫，但多数并不直接继承其创作风格。经过几代音乐家的共同努力，到了20世纪，由于新古典主义音乐的兴起，巴赫风格在现代音乐创作中的地位大大提升，巴赫才逐渐获得今天的崇高地位。

在西方音乐史上，巴赫（Bach）、贝多芬（Beethoven）和勃拉姆斯（Brahms）被尊称为德国“3B”。

qīng chàng jù dà dōu chū zì zhè yì shí qī qí zhōng bāo kuò le mǎ tài shòu
清唱剧，大都出自这一时期，其中包括了《马太受
nàn qǔ hé shèng dàn shén jù děng jié zuò
难曲》和《圣诞神剧》等杰作。

lìng wài lái bǐ xī měi nián yǒu cì shèng dà yóu xíng bā hè bì xū dài
另外，莱比锡每年有4次盛大游行，巴赫必须带
lǐng chàng shī bān de xiǎo hái cān jiā zhè kě bú shì yí jiàn róng yì de shì
领唱诗班的小孩参加，这可不是一件容易的事。

jǐn guǎn gōng zuò fēi cháng xīn kǔ bú guò měi nián xīn zī yǒu ge jīn
尽管工作非常辛苦，不过每年薪资有200个金
bì hái yǒu miǎn fèi de zhù zhái yí dìng shù liàng de chái huo liáng shi hé pú
币，还有免费的住宅、一定数量的柴火、粮食和葡
tao jiǔ ér qiě ruò shì huó dòng guò duō hái kě yǐ huò dé é wài de chóu
萄酒。而且，若是活动过多，还可以获得额外的酬
láo yīn cǐ bā hè yì jiā de shēng huó wèn tí dé dào le jiě jué
劳，因此，巴赫一家的生活问题得到了解决。

gèng zhòng yào de shì lái bǐ xī jiào táng zhǐ huī zhè yì zhí wèi zài dāng
更重要的是，莱比锡教堂指挥这一职位，在当
shí shì hěn shòu rén men zūn jìng de zài zhè lǐ bā hè chéng wéi fēi cháng yǒu
时是很受人们尊敬的。在这里，巴赫成为非常有
shēng wàng de guǎn fēng qín yǎn zòu jiā hé zuò qǔ jiā yě shì zhěng ge dé guó
声望的管风琴演奏家和作曲家，也是整个德国
zōng jiào yīn yuè de lǐng xiù bā hè zài zhè lǐ dù guò le yì shēng zhōng zuì róng
宗教音乐的领袖。巴赫在这里度过了一生中最荣
yào de shí qī
耀的时期。

zài bā hè gào bié rén shì yǐ qián tā shòu dào pǔ lǔ shì guó wáng de
在巴赫告别人世以前，他受到普鲁士国王的
shèng qíng jiē dài yǔ guó wáng chéng le yīn yuè zhī yǒu xiǎng shòu zhe rén men
盛情接待，与国王成了音乐之友，享受着人们
jìng wèi yǔ xiàn mù de yǎn guāng
敬畏与羡慕的眼光。

cóng nián qīng shí dài kāi shǐ jiù bù jiān duàn de xué xí zuò qǔ hé yǎn zòu
从年轻时代开始就不间断地学习、作曲和演奏

de bā hè nián líng yuè dà yǎn lì yě yuè lái yuè chà dào tā qù shì de qián
的巴赫，年龄越大，眼力也越来越差，到他去世的前

yì nián nián shuāng yǎn jī hū yǐ jīng shī míng le suī rán jīng guò
一年（1749年），双眼几乎已经失明了。虽然经过

liǎng cì shǒu shù zhì liáo kě xī dōu méi yǒu hǎo zhuǎn
两次手术治疗，可惜都没有好转。

shǒu shù shī bài hòu nián yuè bā hè zài qīn rén de péi bàn xia
手术失败后，1750年7月，巴赫在亲人的陪伴下，

píng jìng de jié shù le tā nián de rén shēng
平静地结束了他65年的人生。

现代交响乐之父

海 顿

（1732年—1809年）

hǎi dùn bèi zūn chēng wéi xiàn dài jiāo xiǎng yuè zhī fù tā shì dì yī
海顿被尊称为“现代交响乐之父”，他是第一
wèi rèn shi bìng quán lì fā zhǎn dāng shí zhèng méng yá de jiāo xiǎng qǔ hé zòu
位认识并全力发展当时正萌芽的交响曲和奏
míng qǔ qǔ shì de zuò qǔ jiā
鸣曲曲式的作曲家。

nián hǎi dùn chū shēng zài ào dì lì wéi yě nà nán bù yí ge jiào
1732年，海顿出生在奥地利维也纳南部一个叫
luó láo de xiǎo cūn zhuāng tā kě néng shì suǒ yǒu yīn yuè jiā zhōng xiǎo shí hou
罗劳的小村庄。他可能是所有音乐家中小时候
zuì pín qióng de yí wèi tā fù qīn mǎ dì ěr sī shì yí gè zhì zào chē lún de
最贫穷的一位。他父亲玛蒂尔斯是一个制造车轮的
gōng rén mǔ qīn shì yí ge chú shī měi tiān zǎo chū wǎn guī tā men fū fù
工人，母亲是一个厨师，每天早出晚归。他们夫妇
suī rán dōu kàn bu dǒng yuè pǔ dàn shì dōu hěn xǐ huan chàng gē xián xiá shí
虽然都看不懂乐谱，但是都很喜欢唱歌。闲暇时，
yì jiā rén jīng cháng hé lín jū men jù zài yì qǐ chàng gē qí zhōng gē shēng
一家人经常和邻居们聚在一起唱歌。其中歌声
zuì yōu měi de shì nián yòu de hǎi dùn
最优美的是年幼的海顿。

yǒu yì tiān xiǎo hǎi dùn gāo xìng de zhǎn shì zì jǐ yòng fèi qì mù tiáo zuò
有一天，小海顿高兴地展示自己用废弃木条做
chéng de xiǎo tí qín duì fù qīn shuō bà ba nín kàn zhè shì wǒ zuò de
成的小提琴，对父亲说："爸爸！您看，这是我做的
xiǎo tí qín
小提琴！"

fù qīn hěn zǎo jiù fā xiàn hǎi dùn de yīn yuè tiān fù kě shì jiā jìng pín
父亲很早就发现海顿的音乐天赋，可是家境贫
hán méi yǒu bàn fǎ sòng hǎi dùn qù bài shī xué yì xīn li gǎn dào hěn nèi
寒，没有办法送海顿去"拜师学艺"，心里感到很内
jiù suǒ yǐ kàn dào hǎi dùn zuò de xiǎo tí qín shí zhǐ néng miǎn qiǎng jǐ chū yì
疚，所以看到海顿做的小提琴时，只能勉强挤出一
sī xiào róng shuō hǎo kě ài ya
丝笑容，说："好可爱呀！"

fù qīn mō mo tā de tóu rěn zhe lèi shuǐ gǎn jǐn dào hòu miàn qù xǐ
父亲摸摸他的头，忍着泪水，赶紧到后面去洗
shǒu
手。

tiān zhēn de hǎi dùn nǎ lǐ dǒng de fù qīn de xīn qíng tā bǎ zhè ge méi
天真的海顿哪里懂得父亲的心情，他把这个没
yǒu xián de yuè qì jià zài bó zi shang xiàng zhēn de
有弦的乐器架在脖子上，像真的
xiǎo tí qín shì de lā zhe yí fù yōu rán shén wǎng de
小提琴似的拉着，一副悠然神往的
biǎo qíng tā xīn xiǎng wǒ jiāng lái yí dìng yào chéng
表情，他心想："我将来一定要成
wéi yīn yuè jiā nà yàng jiù kě yǐ tiān tiān lā xiǎo tí
为音乐家，那样就可以天天拉小提
qín le
琴了。"

zài yí cì yóu xíng zhōng duì wu zhōng de dà gǔ
在一次游行中，队伍中的大鼓

shǒu yīn wei tū rán shēng bìng ér wú fǎ cān jiā jīng dà jiā tǎo lùn hòu jiù
手因为突然生病而无法参加，经大家讨论后，就
zhǎo hǎi dùn lái dài tì hǎi dùn jiāng jié zòu zhuā de hěn zhǔn bǎ gǔ dǎ de
找海顿来代替。海顿将节奏抓得很准，把鼓打得
hóng liàng xióng zhuàng suǒ yǐ yóu xíng jié shù hòu dà jiā dōu bù xiāng xìn de
宏亮雄壮，所以游行结束后，大家都不相信地
shuō méi xiǎng dào hǎi dùn néng jiāng gǔ dǎ de zhè me hǎo
说："没想到海顿能将鼓打得这么好！"

yě yǒu rén jīng yà de shuō shì ya ér qiě nián líng hái zhè me xiǎo
也有人惊讶地说："是呀，而且年龄还这么小。"

hǎi dùn suī rán jiā jìng bù hǎo yùn qi què bú cuò tā de gū fu fǎ lán
海顿虽然家境不好，运气却不错。他的姑父法兰
kè shì wéi yě nà hǎi ēn bǎo xué xiào de xiào zhǎng yě shì jiào táng de lǐng chàng
克是维也纳海恩堡学校的校长，也是教堂的领唱
zhě yǒu yí cì gū fu lái fǎng dāng tā tīng dào hǎi dùn tiān shǐ bān de gē
者。有一次，姑父来访，当他听到海顿天使般的歌
shēng hòu jiù hé hǎi dùn liáo qǐ yīn yuè hǎi dùn bù dǒng de yuè lǐ què xìng
声后，就和海顿聊起音乐。海顿不懂得乐理，却兴
gāo cǎi liè de tán lùn zhe zì jǐ duì yīn yuè de xǐ hào yú shì gū fu jué dìng
高采烈地谈论着自己对音乐的喜好，于是姑父决定
bǎ suì de hǎi dùn jiē qù wéi yě nà zāi péi
把6岁的海顿接去维也纳栽培。

hǎi dùn de fù mǔ qīn dāng rán wàn fēn huān xǐ yīn cǐ xiǎo xiǎo nián líng
海顿的父母亲当然万分欢喜，因此，小小年龄
de hǎi dùn jiù zài gū gu jiā xué xí yīn yuè zài hé chàng tuán zhōng dāng gē
的海顿就在姑姑家学习音乐，在合唱团中当歌
tóng yě xué xí xiǎo tí qín hé gāng qín dàn shì hǎi dùn zài fǎ lán kè jiā zhōng
童，也学习小提琴和钢琴。但是海顿在法兰克家中
bìng bú kuài lè yīn wei fǎ lán kè shì xǐ huan cǎi yòng tián yā shì jiào xué de
并不快乐，因为法兰克是喜欢采用填鸭式教学的
lǎo shī
老师。

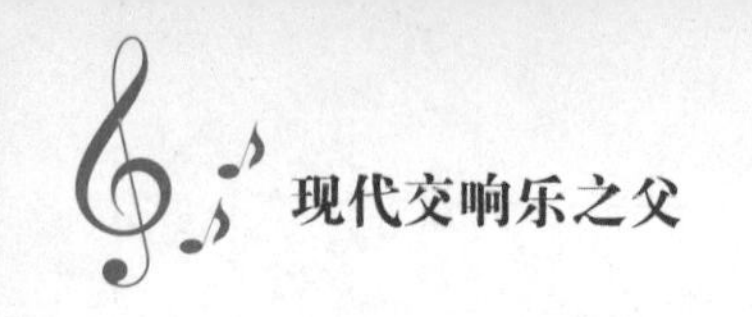

dàn shì xìng yùn què zài cì jiàng lín zài hǎi dùn shēn shang suì shí zhù
但是幸运却再次降临在海顿身上。7岁时，著
míng de wéi yě nà shèng shǐ dì fēn jiào táng hé chàng tuán tuán zhǎng luó yì dá
名的维也纳圣史蒂芬教堂合唱团团长罗易达
tīng guo hǎi dùn yōu měi de gē shēng hòu bù jīn zàn tàn shuō zhēn shì tiān shǐ zhī yīn
听过海顿优美的歌声后，不禁赞叹说：“真是天使之音。”

yú shì hǎi dùn jiā rù le wéi yě nà hé chàng tuán zhè ge hé chàng tuán yě jiù shì jīn tiān bèi chēng wéi tiān shǐ zhī yīn de wéi yě nà shào nián hé chàng tuán
于是海顿加入了维也纳合唱团，这个合唱团也就是今天被称为“天使之音”的维也纳少年合唱团。

zài wéi yě nà hé chàng tuán qī jiān
在维也纳合唱团期间，

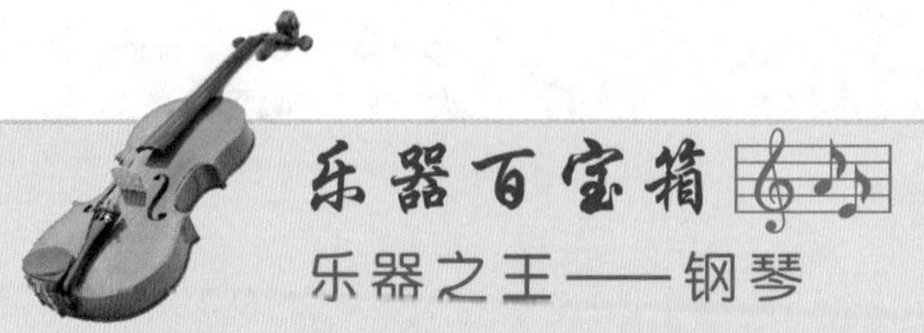

乐器百宝箱

乐器之王——钢琴

钢琴是源自西方古典音乐中的一种键盘乐器，普遍用于独奏、重奏、伴奏等演出，弹奏者通过按键盘上的琴键，牵动钢琴里面包着绒毡的小木槌，继而敲击钢丝弦发出声音。

现代钢琴的发明者是意大利佛罗伦萨美第奇家族的乐器制造师克里斯托弗里。克里斯托弗里原来是一位经验丰富的羽管键琴制造师，在总结羽管键琴和古钢琴的优缺点后，在约1709年试制了一种增加了击槌装置的键盘乐器，它和古钢琴最关键的区别是击弦机的机械系统：击槌敲击琴弦后会立即弹开，使琴弦持续振动，直到手指离开琴键；而且击槌弹开后不会来回弹动，同时又可迅速地重复击键。它同时解决了不能随意控制演奏音量的缺陷，克里斯托弗里给它取名为“有强弱的羽管键琴”，这台乐器就是第一台现代意义上的钢琴。

钢琴的音域宽广，现代钢琴一般为88键，音量宏大，音色变化丰富，可以表达各种不同的音乐情绪，或刚或柔，或急或缓，均可恰到好处；高音清脆，中音丰满，低音雄厚，可以模仿整个交响乐队的效果，因此被称为“乐器之王”。

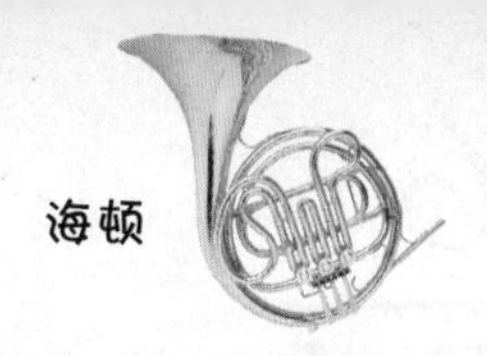

hǎi dùn bú duàn de cháng shì zuò qǔ suī rán luó yì dá xiū gǎi le hǎi dùn suǒ
海顿不断地尝试作曲。虽然罗易达修改了海顿所
xiě de dì yī shǒu yuè qǔ dàn shì shǐ zhōng méi yǒu jiāo shòu tā zhèng guī de zuò
写的第一首乐曲，但是始终没有教授他正规的作
qǔ fāng fǎ jǐn guǎn rú cǐ hǎi dùn lì yòng zì wǒ xué xí de jī huì hái
曲方法。尽管如此，海顿利用自我学习的机会，还
shi xué dào le hěn duō lìng wài tā cóng xiǎo jiù kāi shǐ shòu dào wéi yě nà yīn
是学到了很多。另外，他从小就开始受到维也纳音
yuè huán jìng de xūn táo zhè duì yí ge yīn yuè jiā ér yán shì fēi cháng zhòng
乐环境的熏陶，这对一个音乐家而言是非常重
yào de
要的。

hǎi dùn suì shí kāi shǐ biàn shēng le zhè shì nán xìng zài chéng zhǎng
海顿17岁时，开始变声了，这是男性在成长
guò chéng zhōng wú fǎ bì miǎn de shì yīn cǐ tā bù de bù tuì chū shào nián
过程中无法避免的事，因此他不得不退出少年
hé chàng tuán kāi shǐ tā yì shēng zhōng zuì bēi cǎn liáo dǎo de liú làng shēng
合唱团，开始他一生中最悲惨、潦倒的流浪生
huó xìng hǎo yí wèi lǎo liú làng hàn shōu liú le tā ér céng jīng xì xuè guo hǎi
活。幸好一位老流浪汉收留了他，而曾经戏谑过海
dùn de xiǎo liú làng hàn men yě zhú jiàn jiē nà le tā hǎi
顿的小流浪汉们也逐渐接纳了他。海
dùn chéng le tā men de bǎo hù duì xiàng tā men yě chéng
顿成了他们的保护对象，他们也成
le hǎi dùn yīn yuè de zuì zhōng shí tīng zhòng
了海顿音乐的最忠实听众。

yì nián hòu hǎi dùn xìng yùn de yù dào yí wèi qióng
一年后，海顿幸运地遇到一位穷
kùn de gē shǒu jiān yīn yuè jiào shī mài kè shī pān lè hòu
困的歌手兼音乐教师麦克·施潘勒，后
lái ta men zhù zài yì qǐ jiàn jiàn de hǎi dùn chéng wéi
来他们住在一起。渐渐地，海顿成为

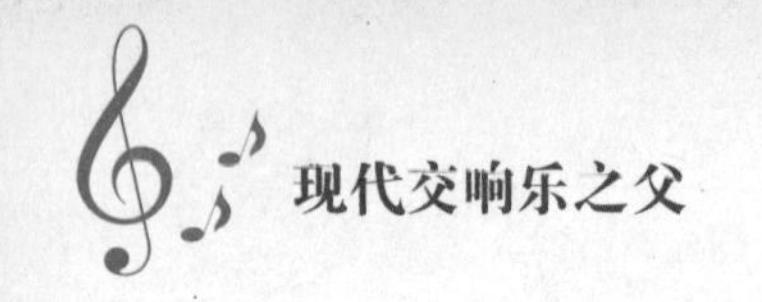

yǐ yǎn zòu zuò qǔ hé jiào xué wéi shēng de zì yóu yīn yuè jiā hǎi dùn tōng guò
以演奏、作曲和教学为生的自由音乐家。海顿通过

mài kè shī pān lè de xué sheng jié shí le yì dà lì jí de zuò qǔ jiā ní kē
麦克·施潘勒的学生结识了意大利籍的作曲家尼科

luò bō bō lā bìng qiě chéng wéi ní kē luò bō bō lā de zhù shǒu hǎi
洛·波波拉，并且成为尼科洛·波波拉的助手，海

dùn yīn cǐ yǒu jī hui xué xí zuò qǔ zhī shi yě yīn wei ní kē luò bō bō
顿因此有机会学习作曲知识。也因为尼科洛·波波

lā de guān xi hǎi dùn cái néng chū rù guì zú shè jiāo quān ràng rén men rèn
拉的关系，海顿才能出入贵族社交圈，让人们认

shi tā de yīn yuè cái huá
识他的音乐才华。

yǒu yí cì hǎi dùn cān jiā yīn yuè shè jiāo huó dòng shí yù dào ào dì lì
有一次，海顿参加音乐社交活动时，遇到奥地利

guì zú fēn bó gé nián fēn bó gé yāo qǐng hǎi dùn dào zì jǐ de xiāng
贵族芬伯格。1757年，芬伯格邀请海顿到自己的乡

cūn bié shù cān jiā shì nèi yuè yǎn zòu zài zhè cì bài fǎng zhōng hǎi dùn xiě le
村别墅参加室内乐演奏，在这次拜访中，海顿写了

zuì zǎo de jǐ shǒu xián yuè sì chóng zòu yǎn zòu hòu guǎng shòu huān yíng yú shì
最早的几首弦乐四重奏，演奏后广受欢迎。于是

fēn bó gé pìn qǐng ta dān rèn jiā tíng yīn yuè jiào shī hǎi dùn de jīng jì zhuàng
芬伯格聘请他担任家庭音乐教师，海顿的经济状

kuàng yīn cǐ dà wéi gǎi shàn
况因此大为改善。

nián fēn bó gé jiāng hǎi dùn tuī jiàn gěi bō xī mǐ yà de mò ěr
1759年，芬伯格将海顿推荐给波希米亚的莫尔

xīn bó jué bó jué rèn mìng hǎi dùn wéi zì jǐ gōng tíng yuè tuán de zhǐ huī zhè
辛伯爵。伯爵任命海顿为自己宫廷乐团的指挥，这

shì hǎi dùn zuì zǎo de gù dìng zhí yè cóng zhè yì shí qī kāi shǐ hǎi dùn
是海顿最早的固定职业。从这一时期开始，海顿

chuàng zuò de sì chóng zòu hé jiāo xiǎng qǔ de yuè pǔ jiù zài ào dì lì dì guó
创作的四重奏和交响曲的乐谱就在奥地利帝国

liú chuán kāi lái
流传开来。

nián hǎi dùn qǔ dà tā suì de ān nà wéi qī hǎi dùn céng wèi
1760年，海顿娶大他3岁的安娜为妻，海顿曾为
tā xiě le yì shǒu dà diào de wú wáng zhěng jiù wǒ zhè shì hǎi dùn zǎo
她写了一首E大调的《吾王拯救我》，这是海顿早
qī jiào zhòng yào de zuò pǐn zhī yī hūn hòu de ān nà duì zhàng fu de yīn yuè
期较重要的作品之一。婚后的安娜对丈夫的音乐
shì yè mò bù guān xīn jié hūn bù jiǔ hǎi dùn
事业漠不关心，结婚不久，海顿
jiù fā jué zhè mén qīn shì shì ge cuò wù tā céng
就发觉这门亲事是个错误，他曾
qì fèn de shuō bú lùn tā de zhàng fu shì xié
气愤地说：“不论她的丈夫是鞋
jiàng huò yì shù jiā duì tā lái shuō wán quán méi
匠或艺术家，对她来说完全没
yǒu chā bié
有差别。”

ān nà shèn zhì shí cháng jiāng hǎi dùn de qǔ
安娜甚至时常将海顿的曲
pǔ gǎo ná qù zuò juǎn fà zhǐ zhè ràng hǎi dùn fēi cháng shēng qì wèi le zhè
谱稿拿去做卷发纸，这让海顿非常生气。为了这
jiàn shì hǎi dùn hé ān nà bù zhī dào chǎo le duō shǎo cì ān nà hái shi wǒ
件事，海顿和安娜不知道吵了多少次，安娜还是我
xíng wǒ sù jǐ nián hòu hǎi dùn jué de shí zài wú fǎ zài hé ān nà shēng huó
行我素。几年后，海顿觉得实在无法再和安娜生活
zài yì qǐ yú shì xié yì fēn jū ān nà shī zi dà kāi kǒu yào hǎi dùn
在一起，于是协议分居。安娜狮子大开口，要海顿
zhōng qí yì shēng àn shí fù gěi tā shēng huó fèi jí yú bǎi tuō zhè duàn bù
终其一生按时付给她生活费。急于摆脱这段不
yú kuài hūn yīn de hǎi dùn zhǐ hǎo miǎn qiǎng dā ying
愉快婚姻的海顿只好勉强答应。

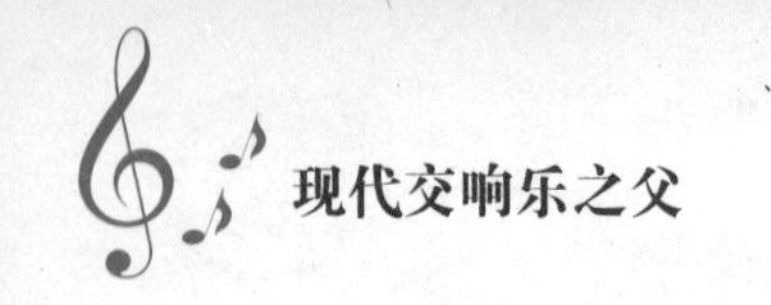

有人对海顿的婚姻生活下了这样的评语：“海顿的婚姻生活，可能是音乐家中最没有温暖且最不幸的。若是他得到一位温柔、贤慧的妻子，这位个性开朗、和蔼而度量宽宏的作曲家，必然可以过着最幸福的家庭生活。海顿曾经咒骂自己的妻子是‘魔鬼’，虽然在音乐的领域他是一位天才，可是不用说，选了这样的妻子，实在是海顿本身的错误。”

1761年是海顿生命中相当重要的一年，莫尔辛伯爵由于经济困难，被迫解散自己的乐团。之后，海顿被埃森城的艾斯德哈齐公爵聘请为宫廷乐团的团长。之后的30年，海顿就在为艾斯德哈齐的宫廷乐团服务。

童年的贫困生活与不幸的婚姻，并没有使海顿陷入凄苦和无奈，反而转化为海顿式的善

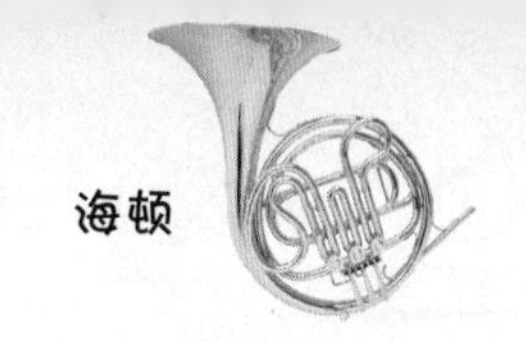

liáng yǔ yōu mò wǒ men cóng xià miàn jǐ ge
良与幽默。我们从下面几个

gù shi kě yǐ kàn chu lai
故事可以看出来。

zài hǎi dùn dān rèn ài sī dé hā qí gōng
在海顿担任艾斯德哈齐公

jué gōng tíng yuè tuán de tuán zhǎng shí měi tiān dōu
爵宫廷乐团的团长时，每天都

yào dài lǐng tuán yuán yǎn zòu zì jǐ de jiāo xiǎng yuè gěi
要带领团员演奏自己的交响乐给

gōng jué xīn shǎng yóu yú zhè ge gōng jué suí shí dōu kě néng yào yuè tuán lái yǎn
公爵欣赏。由于这个公爵随时都可能要乐团来演

zòu ruò shì yǒu tuán yuán méi dào gōng jué jiù huì dà fā léi tíng tuán yuán wèi
奏，若是有团员没到，公爵就会大发雷霆，团员为

le bǎo zhù gōng zuò dōu bù gǎn qǐng jià huí jiā gè ge jiào kǔ lián tiān
了保住工作，都不敢请假回家，个个叫苦连天。

hǎi dùn kàn le yě hěn bù rěn shuō wǒ lái xiǎng xiang bàn fǎ
海顿看了，也很不忍，说：“我来想想办法！”

yú shì tā jiǎo jìn nǎo zhī xiě le yì shǒu jiāo xiǎng qǔ yǐ shì kàng
于是，他绞尽脑汁写了一首交响曲，以示抗

yì yīn yuè yǐ yōu měi de xuán lǜ kāi tóu dào zuì hòu de yuè zhāng shí suǒ
议。音乐以优美的旋律开头，到最后的乐章时，所

yǒu de yuè qì dōu yī yī tíng zòu le duì yuán yě yí gè ge cóng tái shang tuì
有的乐器都一一停奏了，队员也一个个从台上退

xia lai dào zuì hòu zhǐ shèng xia yì bǎ xiǎo tí qín dú chēng chǎng miàn dàn shì
下来，到最后只剩下一把小提琴独撑场面，但是

lā dào zuì hòu yě pí bèi bù kān de tíng zhǐ le
拉到最后，也疲惫不堪地停止了。

gōng jué qí guài de wèn zhè jiào shén me qǔ zi
公爵奇怪地问：“这叫什么曲子？”

hǎi dùn shuō bǐng gào gōng jué tā jiào gào bié jiāo xiǎng qǔ
海顿说：“禀告公爵，它叫《告别交响曲》。”

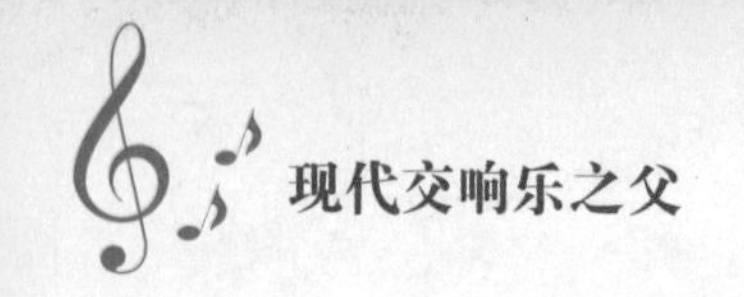

gōng jué shì cōng míng rén yì tīng jiù zhī dào shì shén me yuán yīn suǒ yǐ
公爵是聪明人，一听就知道是什么原因，所以
lì kè àn shí fàng tuán yuán men xiū jià
立刻按时放团员们休假。

jù shuō yǒu yí bù jiào liǎng gēn bàng shang de mó guǐ de xǐ jù shì
据说，有一部叫《两根棒上的魔鬼》的喜剧是
zhè yàng dàn shēng de dāng nián wéi yě nà yǒu ge xǐ jù yǎn yuán biān le yí
这样诞生的：当年维也纳有个喜剧演员，编了一
ge xǐ jù jù běn xiǎng wěi tuō hǎi dùn wèi tā pǔ qǔ zhè ge xuǎn zé shì xiāng
个喜剧剧本，想委托海顿为它谱曲。这个选择是相
dāng zhèng què ér qiě míng zhì de yīn wei nà shí hou hǎi dùn de yīn yuè shì yǐ
当正确而且明智的，因为那时候，海顿的音乐是以
jī zhì yōu mò zhù chēng
机智幽默著称。

yǒu yì tiān zhè wèi yǎn yuán qù bài fǎng hǎi dùn bìng shuō míng lái yì
有一天，这位演员去拜访海顿，并说明来意。
kě shì hǎi dùn de líng gǎn què sì hū xiāo shī le sī háo méi yǒu xìng qù wèi zhè
可是海顿的灵感却似乎消失了，丝毫没有兴趣为这
ge jù běn biān qǔ hǎi dùn wú nài de shuō hěn bào qiàn wǒ de líng gǎn hǎo
个剧本编曲。海顿无奈地说："很抱歉，我的灵感好
xiàng dù jià qù le miǎn qiǎng xiě chu lai de dōng xi duì nǐ de jù běn
像'度假'去了。勉强写出来的东西，对你的剧本
shì yì zhǒng shāng hài nǐ hái shi lìng qǐng gāo míng ba
是一种伤害，你还是另请高明吧！"

bú guò zhè ge xǐ jù yǎn yuán bìng méi yǒu fàng qì jì xù chéng kěn de
不过，这个喜剧演员并没有放弃，继续诚恳地
yāo qiú shuō hǎi dùn xiān sheng qǐng nín wù bì xiān zuò dào gāng qín qián kàn
要求说："海顿先生，请您务必先坐到钢琴前，看
zhe wǒ de dòng zuò shì zhe tán yí xià
着我的动作，试着弹一下。"

xǐ jù yǎn yuán méi yǒu děng hǎi dùn tóng yì jiù fā huī zì jǐ zuì ná shǒu
喜剧演员没有等海顿同意，就发挥自己最拿手

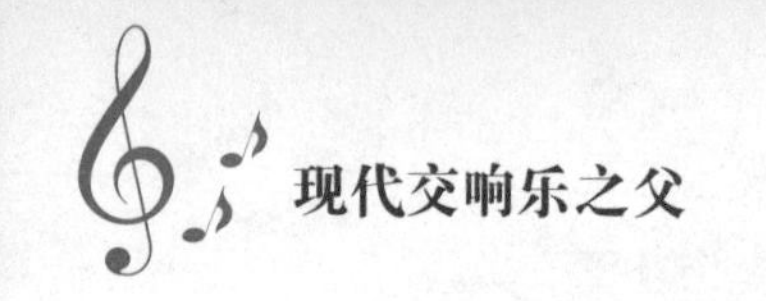

de xǐ jù gōng fu jǔ shǒu tóu zú dōu shì gè zhǒng huá jī kě xiào de dòng
的喜剧功夫，举手投足都是各种滑稽可笑的动
zuò huà yǔ jiān yě chōng mǎn yōu mò
作，话语间也充满幽默。

hǎi dùn kàn zhe kàn zhe bù jīn xiào
海顿看着看着，不禁笑
le qǐ lái tā zuò dào gāng qín qián suí
了起来，他坐到钢琴前，随
zhe nà wèi xǐ jù yǎn yuán de dòng zuò hé
着那位喜剧演员的动作和
yán yǔ qīng kuài de tán zòu qi lai tā
言语，轻快地弹奏起来。他
de xìng zhì lái le líng gǎn yě lái le shí
的兴致来了，灵感也来了，十
zhǐ àn zài qín jiàn shang yōu yáng de yīn
指按在琴键上，悠扬的音
yuè jiù liú xiè ér chū yú shì zhè bù xǐ jù de pèi yuè jiù zài zhè yàng yǒu
乐就流泻而出。于是，这部喜剧的配乐，就在这样有
qù de pèi hé zhōng jí xìng wán chéng le
趣的配合中即兴完成了。

hǎi dùn de rén yuán hěn hǎo tā duì rén zǒng shì qiān gōng yǒu lǐ cóng bù
海顿的人缘很好，他对人总是谦恭有礼，从不
shèng qì líng rén duì yú nà xiē xǐ ài tā yīn yuè de rén bù guǎn dì wèi duō
盛气凌人。对于那些喜爱他音乐的人，不管地位多
me bēi wēi zhǐ yào yǒu qiú yú tā tā cóng bù jù jué
么卑微，只要有求于他，他从不拒绝。

yǒu yì tiān hǎi dùn jiā li lái le yí ge bú sù zhī kè yí kàn jiù zhī
有一天，海顿家里来了一个不速之客，一看就知
dào bú shì shàng liú shè huì de rén dàn shì hǎi dùn réng rán rè qíng de zhāo dài
道不是上流社会的人，但是海顿仍然热情地招待
duì fāng
对方。

nà rén yā dī sǎng zi shuō hǎi dùn xiān sheng wǒ shì yí wèi tú fū
那人压低嗓子说："海顿先生，我是一位屠夫，
yě shì nín de chóng bài zhě wǒ nǚ er jí jiāng jié hūn néng bu néng qǐng nín
也是您的崇拜者，我女儿即将结婚，能不能请您
wèi tā xiě yì shǒu xiǎo bù wǔ qǔ
为她写一首小步舞曲？"

shuō wán yòng chéng kěn qī pàn de mù guāng wàng zhe hǎi dùn
说完，用诚恳、期盼的目光望着海顿。

hǎi dùn yě shì pín kǔ rén jiā chū shēn dāng rán liǎo jiě zhè wèi tú fū shì
海顿也是贫苦人家出身，当然了解这位屠夫是
huái zhe duō me huáng kǒng de xīn qíng lái kěn qiú tā xīn dì shàn liáng de hǎi dùn
怀着多么惶恐的心情来恳求他，心地善良的海顿
mǎ shàng xīn rán dā ying hǎo de wǒ hěn róng xìng wèi nǐ de nǚ er xiě wǔ
马上欣然答应："好的，我很荣幸为你的女儿写舞
qǔ nǐ guò liǎng tiān lái ná ba
曲，你过两天来拿吧！"

jǐ tiān hòu tú fū ná dào le nà shǒu hǎi dùn jīng xīn chuàng zuò de
几天后，屠夫拿到了那首海顿精心创作的《C
dà diào xiǎo bù wǔ qǔ tú fū shēn shēn de jū le yì gōng shuō xiè xie
大调小步舞曲》，屠夫深深地鞠了一躬，说："谢谢
nín wǒ yǒu yí ge tè bié de lǐ wù huí zèng gěi nín
您，我有一个特别的礼物回赠给您。"

guò le bàn tiān tú fū qiān zhe yì tóu shēn tǐ jiàn zhuàng jǐng dài huā
过了半天，屠夫牵着一头身体健壮、颈戴花
huán de gōng niú lái dào hǎi dùn jiā shuō duì yú yí ge tú fū lái shuō
环的公牛来到海顿家，说："对于一个屠夫来说，
yòng jiàn zhuàng de gōng niú lái duì yōu měi de xiǎo bù wǔ qǔ biǎo shì xiè yì shì
用健壮的公牛来对优美的小步舞曲表示谢意，是
zài qià dàng bú guò de
再恰当不过的。"

hǎi dùn tīng le hā hā dà xiào gāo xìng de shōu le zhè fèn lǐ wù cóng
海顿听了，哈哈大笑，高兴地收了这份礼物。从

cǐ yǐ hòu dà diào xiǎo bù wǔ qǔ yě bèi rén men xì chēng wéi gōng niú
此以后，《C大调小步舞曲》也被人们戏称为《公牛
xiǎo bù wǔ qǔ
小步舞曲》。

suī rán hǎi dùn yǐ jīng guì wéi gōng tíng lè tuán de tuán zhǎng dàn tā què
虽然海顿已经贵为宫廷乐团的团长，但他却
píng yì jìn rén dài rén qīn qiè zhè shì hěn bù róng yì de
平易近人，待人亲切，这是很不容易的。

nián hǎi dùn chéng wéi wéi yě nà de gòng jì huì chéng yuán yě
1785年，海顿成为维也纳的共济会成员，也
xǔ jiù shì tōng guò zhè zhǒng guān xi tā hé mò zhā tè jiàn lì le shēn hòu de
许就是通过这种关系，他和莫扎特建立了深厚的
yǒu yì
友谊。

zài ài sī dé hā qí gōng tíng li hǎi dùn chú le yào xùn liàn jí zhǐ huī
在艾斯德哈齐宫廷里，海顿除了要训练及指挥
yuè tuán wài yǒu shí yě yào qīn zì shàng chǎng yǎn zòu shì nèi yuè cǐ wài hǎi
乐团外，有时也要亲自上场演奏室内乐。此外，海
dùn hái bì xū bú duàn de xiě zuò yuè qǔ yǐ gōng yǎn chū zài ài sī dé hā qí
顿还必须不断地写作乐曲以供演出。在艾斯德哈齐
gōng tíng fú wù qī jiān tā wán chéng le shù liàng páng dà de gè shì zuò pǐn
宫廷服务期间，他完成了数量庞大的各式作品，
zǒng jì bāo kuò bù mí sa qǔ bù gē jù yú shǒu jiāo xiǎng qǔ
总计包括5部弥撒曲、11部歌剧、60余首交响曲、40
duō shǒu xián yuè sì chóng zòu yú shǒu gāng qín zòu míng qǔ jí qí tā de
多首弦乐四重奏、30余首钢琴奏鸣曲及其他的
yuè qǔ
乐曲。

nián ài sī dé hā qí de ní gǔ lā wáng zǐ qù shì hòu jì zhě
1790年，艾斯德哈齐的尼古拉王子去世，后继者
duì jīng yíng yuè tuán méi yǒu xìng qù jiù bǎ tā jiě sàn le hǎi dùn suī rán hái
对经营乐团没有兴趣，就把它解散了。海顿虽然还

可以领薪水，但是因为无事可做，就离开宫廷，前往维也纳找莫扎特，并在维也纳买房子定居下来。

不久，小提琴家约翰·彼得·所罗门邀请海顿到伦敦举行演奏会。于是海顿告别了莫扎特，离别时，他们两人都哭了，莫扎特有一种不祥的预感，觉得他们似乎再也见不了面了。遗憾的是，这种预感真的应验，不久，莫扎特就病逝了。

海顿在1791年1月抵达伦敦，发表了6首新的交响曲，音乐会受到空前热烈的欢迎。牛津大学更因为海顿的杰出成就，颁赠给他音乐博士学位。

1792年初，海顿听到好友莫扎特去世的消息后回到维也纳。在路过巴德歌斯堡时，有一位年轻的宫廷作曲家拿出一部声乐套曲请他评阅。海顿十分赞赏这部作品，并且说：“如果你到维也纳，我愿

意当你的作曲老师。”

这位年轻的作曲家就是后来在乐坛上大放异彩的音乐神童贝多芬。后来贝多芬到维也纳时，海顿果然履行了诺言。但是他们的相处并不太融洽，海顿曾经对贝多芬说：“你这个人给我的印象是：好像有几个脑袋、好几个心和许多灵魂。”

1794年，海顿决定再次访问伦敦，而这次的伦敦之行比上一次更为成功。在英国那段时间，他大

《皇帝四重奏曲》

1796年，奥地利宫廷请海顿写一首曲子赞美皇帝法兰兹·约瑟夫，这首曲子谱成后，海顿取名为《大风泱泱》，很快便受到人们的喜爱。所以，海顿又用这首曲调做主题，谱成弦乐四重奏曲，这就是著名的《皇帝四重奏曲》。

最初，《皇帝四重奏曲》是奥地利的国歌，后来却变成德国的国歌。

lì de fā zhǎn yīn yuè yì shù tóng shí yě gǎn dào zì jǐ yuè sī quán yǒng líng
力地发展音乐艺术，同时也感到自己乐思泉涌、灵
gǎn wú xiàn yīn cǐ chuàng zuò le xǔ duō kuài zhì rén kǒu de yuè qǔ
感无限，因此，创作了许多脍炙人口的乐曲。

hǎi dùn wǎn nián chuàng zuò le xǔ duō bù xiǔ de zuò pǐn qí zhōng dēng fēng
海顿晚年创作了许多不朽的作品，其中登峰
zào jí zhī zuò jiù shì qīng chàng jù chuàng shì jì wèi le chuàng zuò zhè shǒu
造极之作就是清唱剧《创世纪》。为了创作这首
zuò pǐn tā huā le zhěng zhěng yì nián de shí jiān jǐ jīng xiū dìng zhī hòu yú
作品，他花了整整一年的时间，几经修订之后，于
nián yuè rì zài wéi yě nà de bù gé jù chǎng shǒu cì gōng kāi yǎn
1799年3月19日在维也纳的布格剧场首次公开演
chū yóu hǎi dùn qīn zì zhǐ huī dāng shí de qì fēn jiù xiàng yí dào shǎn diàn bān
出，由海顿亲自指挥。当时的气氛就像一道闪电般
zhèn jīng le guān zhòng zhǎng shēng jiǔ jiǔ bù xī
震惊了观众，掌声久久不息。

hǎi dùn yě bèi zì jǐ chuàng zuò de yīn yuè shēn shēn dǎ dòng le yòng
海顿也被自己创作的音乐深深打动了，用
shǒu wǎng shàng zhǐ zhe dà shēng shuō dào bù zhè bú shì wǒ chuàng zuò de
手往上指着，大声说道：“不，这不是我创作的
yīn yuè tā shì lái zì tiān shàng de shēng yīn
音乐，它是来自天上的声音。”

hǎi dùn cóng zhè cì yǎn chū zhōng dé dào mǒu zhǒng qǐ fā jué dìng zài pǔ
海顿从这次演出中得到某种启发，决定再谱
xiě lìng yì shǒu qīng chàng jù gē cí shì qǔ zì zhān mǔ sī tāng mǔ sēn de
写另一首清唱剧。歌词是取自詹姆斯·汤姆森的
shī sì jì dàn shì yóu yú shēn tǐ zhuàng kuàng yǐ jīng dà bù rú qián tā
诗《四季》。但是由于身体状况已经大不如前，他
duàn duàn xù xù de xiě le liǎng nián duō cái wán chéng
断断续续地写了两年多才完成。

nián hǎi dùn ān xiáng de lí kāi le rén shì
1809年，海顿安详地离开了人世。

jiāo xiǎng qǔ hé xián yuè sì chóng zòu de chuàng zuò shì hǎi dùn zài yīn yuè
交响曲和弦乐四重奏的创作，是海顿在音乐
yì shù shang zuì dà de chéng jiù yě shì tā yǐng xiǎng hòu shì zuì zhǔ yào de
艺术上最大的成就，也是他影响后世最主要的
liǎng zhǒng yīn yuè xíng shì zài jiāo xiǎng qǔ fāng miàn jīng yóu tā de jīng xīn shè
两种音乐形式。在交响曲方面，经由他的精心设
jì zài gè zhǒng yuè qì de yīn sè pèi hé yǔ zhěng tǐ biǎo xiàn shang bǐ qí
计，在各种乐器的音色配合与整体表现上，比其
tā zuò qǔ jiā de jiāo xiǎng qǔ xiǎn de gèng jiā fēng fù yě gèng yōu yǎ zhì
他作曲家的交响曲显得更加丰富，也更优雅；至
yú xián yuè sì chóng zòu zé shì hǎi dùn biǎo dá gè rén qíng gǎn zuì zì rán de
于弦乐四重奏，则是海顿表达个人情感最自然的
xíng shì
形式。

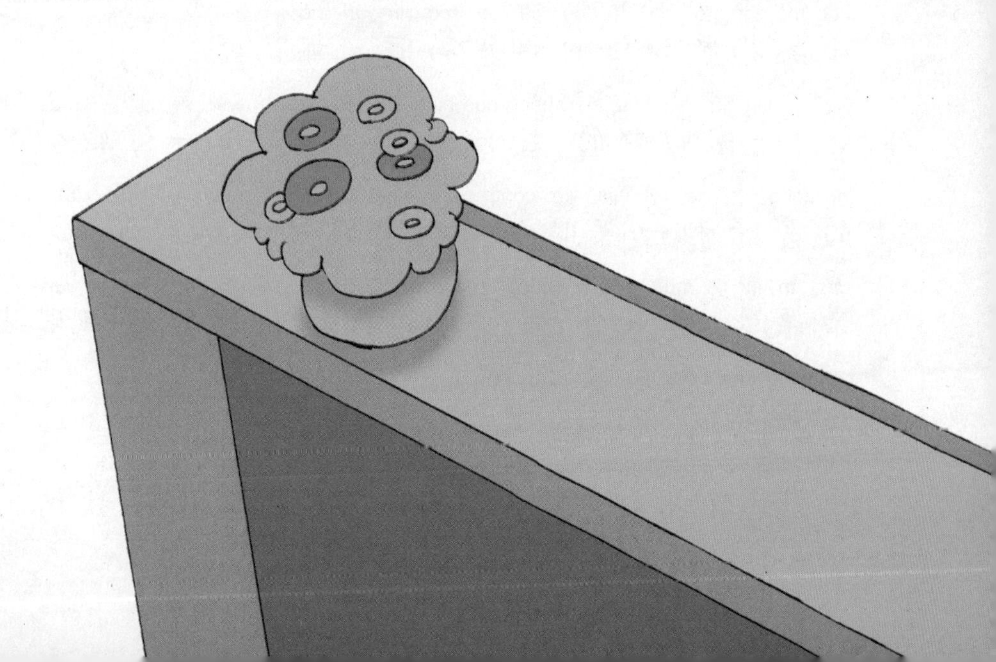

音乐的化身
莫扎特

（1756年—1791年）

nián yīn yuè shén tóng mò zhā tè shēng zài ào dì lì de sà
1756年，“音乐神童”莫扎特生在奥地利的萨
ěr cí bǎo fù qīn lǎo mò zhā tè de yīn yuè tiān fù hěn gāo yě hěn yǒu lǐ
尔茨堡，父亲老莫扎特的音乐天赋很高，也很有理
xiǎng hé bào fù lǎo mò zhā tè shì gōng tíng de zuò qǔ jiā hé fù yuè zhǎng
想和抱负。老莫扎特是宫廷的作曲家和副乐长，
yí gòng yǒu ge hái zi dàn shì qí zhōng ge dōu yāo zhé le zhǐ shèng xia
一共有7个孩子，但是其中5个都夭折了，只剩下
xiǎo mò zhā tè hé tā de jiě jie mǎ lì ān nà
小莫扎特和他的姐姐玛丽安娜。

yì jiā sì kǒu de shēng huó bìng bú fù yù wéi yī zhí qián de shì jū zhù
一家四口的生活并不富裕，唯一值钱的是居住
de fáng zi hé yí jià jiù gāng qín xián xiá shí quán jiā jù zài yì qǐ fù
的房子和一架旧钢琴。闲暇时，全家聚在一起，父
qīn tán qín mǔ qīn bàn chàng xiǎo mò zhā tè hé tā de jiě jie zé zuò zài yì
亲弹琴，母亲伴唱，小莫扎特和他的姐姐则坐在一
páng líng tīng
旁聆听。

xiǎo mò zhā tè suì shí yǒu yì tiān lǎo mò zhā tè jiāo mǎ lì ān nà
小莫扎特4岁时，有一天，老莫扎特教玛丽安娜

tán gāng qín mǎ lì ān nà tán lái tán qù zǒng shì tán bu hǎo lǎo mò zhā
弹钢琴。玛丽安娜弹来弹去，总是弹不好，老莫扎
tè tīng de huǒ mào sān zhàng ná qǐ zhǐ huī bàng zhòng zhòng de dǎ zài tā de
特听得火冒三丈，拿起指挥棒重重地打在她的
shǒu bèi shang
手背上。

mǎ lì ān nà téng de kū qǐ lai suǒ xìng tiào xia qín dèng zuò zài dì
玛丽安娜疼得哭起来，索性跳下琴凳，坐在地
shang dà shēng de kū zhe shuō bà ba cóng jīn yǐ hòu wǒ bú yào tán qín
上，大声地哭着说：“爸爸，从今以后，我不要弹琴
le yǒng yuǎn bú yào
了，永远不要！”

lǎo mò zhā tè píng shí shì ge cí xiáng de fù qīn dàn shì jiāo qǐ kè lai
老莫扎特平时是个慈祥的父亲，但是教起课来
què shì yí wèi yán shī tā bǎ mǎ lì ān nà bào dào gé bì fáng jiān zhǔn bèi
却是一位严师。他把玛丽安娜抱到隔壁房间，准备
hǎo hǎo de xùn jiè tā yì fān
好好地训诫她一番。

zài yì páng wán shuǎ de xiǎo mò zhā tè kàn zhe bǎi zài kè tīng jiǎo luò de
在一旁玩耍的小莫扎特看着摆在客厅角落的
gāng qín xīn zhōng yǒu yì gǔ qiáng liè de yù wàng xiǎng yào guò qu chù mō nà
钢琴，心中有一股强烈的欲望，想要过去触摸那
ge shén mì qiě huì fā chū shēng yīn de dà wán jù tā shǒu jiǎo bìng yòng
个神秘且会发出声音的“大玩具”。他手脚并用，
màn màn de pá shang qín dèng zǐ xì de guān chá hēi bái sè
慢慢地爬上琴凳，仔细地观察黑白色
qín jiàn rán hòu yòng shí zhǐ xiǎo xīn yì yì de àn xia qu
琴键，然后用食指小心翼翼地按下去。

dōng yí ge yuè ěr de shēng yīn cóng gāng
“咚！”一个悦耳的声音从钢
qín de nèi bù fā chu lai xiǎo mò zhā tè zǐ xì de
琴的内部发出来，小莫扎特仔细地

tīng zhè ge yīn fú jiē zhe tā yòu àn xia dì èr ge qín jiàn dì sān ge
听这个音符。接着，他又按下第二个琴键、第三个、
dì sì ge měi ge shēng yīn fā chū hòu tā dōu huì tíng yí xià hǎo xiàng
第四个……每个声音发出后，他都会停一下，好像
zài fēn biàn tā men
在分辨它们。

rán hòu xiǎo mò zhā tè kāi shǐ xué zhe jiě jie píng shí tán qín de yàng
然后，小莫扎特开始学着姐姐平时弹琴的样
zi bèn zhuō de zài gāng qín shang tán zòu qǐ lai màn màn de tā píng zhe jì
子，笨拙地在钢琴上弹奏起来。慢慢地，他凭着记
yì yí ge yīn yí ge yīn de bǎ fù qīn xiě gěi mǎ lì ān nà tán de liàn xí
忆，一个音一个音地把父亲写给玛丽安娜弹的练习
qǔ tán wán le tā suí jí yòu tán le dì èr cì yǐ jīng néng gòu jiāng měi ge
曲弹完了。他随即又弹了第二次，已经能够将每个
yīn fú lián guàn qi lai tā yuè tán yuè gǎn dào yǒu qù wán quán méi yǒu zhù yì
音符连贯起来。他越弹越感到有趣，完全没有注意
dào fù qīn yǐ jīng zhàn zài tā hòu miàn hěn jiǔ le
到父亲已经站在他后面很久了。

lǎo mò zhā tè zǐ xì líng tīng zhe jiǎn zhí bù gǎn xiāng xìn zì jǐ de ěr
老莫扎特仔细聆听着，简直不敢相信自己的耳
duo jī dòng de lèi shuǐ yǒng chu le yǎn kuàng ér tán zòu wán bì de xiǎo mò
朵，激动的泪水涌出了眼眶。而弹奏完毕的小莫
zhā tè yī rán xìng zhì bó bó de kàn zhe qín jiàn fǎng fú gāng qín shì tā de dà
扎特依然兴致勃勃地看着琴键，仿佛钢琴是他的大
wán jù tā wàn wàn méi yǒu xiǎng dào zhè cì wú yì jiān kāi shǐ de tán zòu yǐ
玩具。他万万没有想到这次无意间开始的弹奏，已
jīng jué dìng le tā yì shēng de mìng yùn
经决定了他一生的命运。

yǒu yì tiān lǎo mò zhā tè wèi guó jiā jù yuàn yuàn zhǎng de nǚ ér chuàng zuò
有一天，老莫扎特为国家剧院院长的女儿创作
le yì shǒu xiǎo bù wǔ qǔ jiào xiǎo mò zhā tè bǎ yuè pǔ gěi yuàn zhǎng sòng qù
了一首小步舞曲，叫小莫扎特把乐谱给院长送去。

xiǎo mò zhā tè jiē guo yuè pǔ hòu jiù yí bèng yí tiào de xiàng yuàn zhǎng
小莫扎特接过乐谱后，就一蹦一跳地向院长
jiā pǎo qù dāng shí zhèng guā dà fēng xiǎo mò zhā tè yí bù xiǎo xīn shǒu
家跑去。当时正刮大风，小莫扎特一不小心，手
shang de yuè pǔ jìng bèi fēng chuī zǒu le tā yì biān zhuī yì biān kū dàn shì yuè
上的乐谱竟被风吹走了。他一边追一边哭，但是乐
pǔ yǐ jīng bèi chuī de sì sàn fēn lí wú fǎ shōu shi le
谱已经被吹得四散分离，无法收拾了。

zhè xià méi yǒu bàn fǎ jiāo chāi le huí qu qǐng fù qīn chóng xiě kěn dìng
这下没有办法交差了，回去请父亲重写，肯定
huì ái mà ér qiě fù qīn yě wèi bì néng zài xiě chū yì mú yí yàng de qǔ
会挨骂，而且父亲也未必能再写出一模一样的曲
zi xiǎo mò zhā tè xiǎng xiàn zài gāi zěn me bàn ne
子，小莫扎特想：“现在该怎么办呢？”

tū rán xiǎo mò zhā tè xiǎng dào yí ge jué miào de bàn fǎ nà jiù shì
突然，小莫扎特想到一个绝妙的办法，那就是
mào míng dǐng tì xiě yì shǒu qǔ zi yú shì tā lái dào yí ge péng you de jiā
冒名顶替写一首曲子。于是他来到一个朋友的家
li jiè le bǐ hé zhǐ yì biān hēng yì biān xiě yuè pǔ bú dào yí dùn fàn de
里，借了笔和纸，一边哼一边写乐谱。不到一顿饭的
shí jiān yì shǒu qǔ zi jiù wán chéng le tā zhuì zhuì bù ān de bǎ yuè pǔ sòng
时间，一首曲子就完成了。他惴惴不安地把乐谱送
dào yuàn zhǎng jiā huí jiā hòu tā bìng méi yǒu bǎ zhè jiàn shì gào su fù qīn
到院长家。回家后，他并没有把这件事告诉父亲。

dì èr tiān yuàn zhǎng dài zhe nǚ er lái gǎn
第二天，院长带着女儿来感
xiè lǎo mò zhā tè shuō zhè shǒu qǔ zi shí zài
谢老莫扎特，说：“这首曲子实在
shì tài měi miào le
是太美妙了。”

suí hòu yuàn zhǎng yòu yào nǚ er tán zòu zhè
随后，院长又要女儿弹奏这

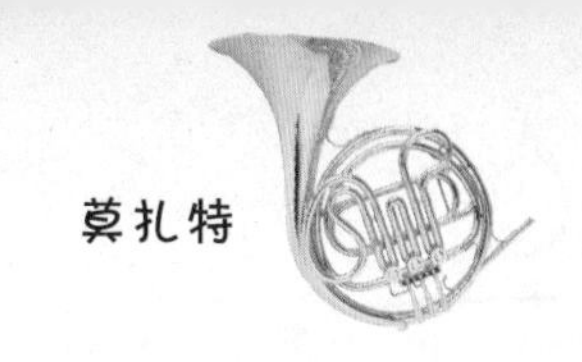

shǒu yuè qǔ qǐng lǎo mò zhā tè zhǐ dǎo
首乐曲，请老莫扎特指导。

dāng yōu měi de xuán lǜ suí zhe xiǎo nǚ hái shǒu zhǐ de yí dòng liú xiè chu lai shí lǎo mò zhā tè lèng zhù le děng xiǎo nǚ hái yǎn zòu wán lǎo mò zhā tè mǎn liǎn hú yí de shuō zhè shǒu qǔ zi dí què hěn měi miào kě shì bìng bú shì wǒ xiě de ya yuàn zhǎng nín shì bu shì gǎo cuò le
当优美的旋律随着小女孩手指的移动流泄出来时，老莫扎特愣住了。等小女孩演奏完，老莫扎特满脸狐疑地说：“这首曲子的确很美妙，可是并不是我写的呀！院长，您是不是搞错了？”

yuàn zhǎng tīng le bǐ lǎo mò zhā tè hái jīng yà bǎ yuè pǔ dì gěi lǎo mò zhā tè shuō méi cuò ya nǐ ér zi bǎ yuè pǔ sòng lái wǒ jiù jiào nǚ ér tán zòu de
院长听了，比老莫扎特还惊讶，把乐谱递给老莫扎特，说：“没错呀！你儿子把乐谱送来，我就叫女儿弹奏的。”

lǎo mò zhā tè yí kàn xīn xiǎng yuè pǔ xiě de wāi wāi xié xié de zěn me kě néng shì wǒ xiě de ne
老莫扎特一看，心想：“乐谱写得歪歪斜斜的，怎么可能是我写的呢？”

kàn zhe kàn zhe lǎo mò zhā tè huǎng rán dà wù jiù wèn sè suō zài yì páng de xiǎo mò zhā tè zhè shì zěn me huí shì
看着看着，老莫扎特恍然大悟，就问瑟缩在一旁的小莫扎特：“这是怎么回事？”

xiǎo mò zhā tè zhī dào zhǐ bāo bu zhù huǒ le zhǐ hǎo bǎ shì qing
小莫扎特知道纸包不住火了，只好把事情

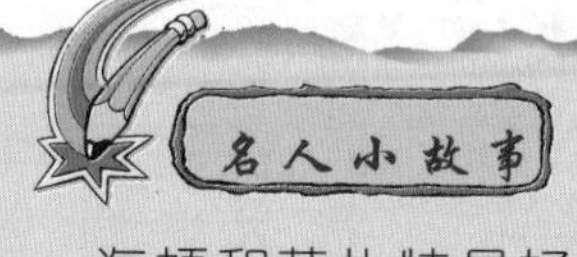

海顿和莫扎特是好朋友，彼此相知相惜。海顿曾对莫扎特的父亲说：“我告诉你，你的儿子是我个人所知道的最伟大的作曲家，他很有品味，有着最伟大的谱曲学问。”

莫扎特对海顿则是这样描述：“只有他能使我欢笑并且能知道我心灵的秘密。”

de běn mò jù shí shuō le chū lái
的本末据实说了出来。

lǎo mò zhā tè hé yuàn zhǎng dōu dà chī yì jīng kàn zhe mǎn liǎn jīng huāng
老莫扎特和院长都大吃一惊，看着满脸惊慌
de xiǎo mò zhā tè wū zi li tū rán ān jìng le xià lái guò le yí huì er
的小莫扎特，屋子里突然安静了下来。过了一会儿，
yuàn zhǎng zǒu guo qu bǎ xiǎo mò zhā tè bào qi lai xiào zhe shuō hái zi
院长走过去，把小莫扎特抱起来，笑着说："孩子，
bú yào pà wǒ bù dé bù chéng rèn nǐ zhēn shì ge yīn yuè tiān cái
不要怕，我不得不承认你真是个音乐天才！"

zhè shí hou lǎo mò zhā tè yě huí guò shén lai cóng yuàn zhǎng shǒu zhōng
这时候，老莫扎特也回过神来，从院长手中
jiē guo xiǎo mò zhā tè gāo xìng de lèi liú mǎn miàn
接过小莫扎特，高兴得泪流满面。

fù qīn fā xiàn xiǎo mò zhā tè bù jǐn yǒu yīn yuè cái huá shèn zhì hái shi
父亲发现小莫扎特不仅有音乐才华，甚至还是
shì jiè shang hǎn yǒu de tiān cái yú shì fàng qì wèi zì jǐ móu qǔ qián tú de
世界上罕有的天才，于是放弃为自己谋取前途的
jì huà jué dìng qīng quán lì ràng xiǎo mò zhā tè jiē shòu zuì wán shàn de yīn yuè
计划，决定倾全力让小莫扎特接受最完善的音乐
jiào yù tóng shí dǎ suàn jiāng zhè ge yīn yuè shén tóng dài zhì
教育，同时打算将这个音乐神童带至
shì jiè gè dì xuān yáng
世界各地宣扬。

xiǎo mò zhā tè suì kāi shǐ xué xí yīn yuè suì shí
小莫扎特4岁开始学习音乐，6岁时
yǐ jīng shì yǎn zòu gǔ gāng qín guǎn fēng qín hé xiǎo tí qín
已经是演奏古钢琴、管风琴和小提琴
de néng shǒu le wèi le ràng hái zi kàn kan wài miàn de shì
的能手了。为了让孩子看看外面的世
jiè lǎo mò zhā tè dài zhe xiǎo mò zhā tè hé mǎ lì ān nà
界，老莫扎特带着小莫扎特和玛丽安娜

dào ōu zhōu gè dì zuò lǚ xíng yǎn chū
到欧洲各地做旅行演出。

wú lùn shì zài rè nao de chéng shì hái shi níng jìng de xiāng cūn wú lùn shì zài píng mín de jù yuàn hái shi zài guì zú de gōng diàn mò zhā tè jiě dì de yǎn zòu zhēng fú le wú shù guān zhòng shén tóng mò zhā tè de míng shēng hěn kuài jiù yuǎn jìn jiē zhī
无论是在热闹的城市还是宁静的乡村，无论是在平民的剧院还是在贵族的宫殿，莫扎特姐弟的演奏征服了无数观众，“神童莫扎特”的名声很快就远近皆知。

tóng nián nián dǐ lǎo mò zhā tè dài zhe ér zi hé nǚ ér lái dào wéi yě nà lì kè bèi zhào wǎng shēn bù lún gōng zuò yù qián yǎn zòu huáng gōng dà diàn li suī jǐ mǎn le wáng gōng dà chén hé guì fù què jìng de luò zhēn kě wén huáng dì hé guì zú men
同年年底，老莫扎特带着儿子和女儿来到维也纳，立刻被召往申布伦宫做御前演奏。皇宫大殿里虽挤满了王公大臣和贵妇，却静得落针可闻。皇帝和贵族们

管风琴

管风琴是所有乐器中体积最庞大的，而且是最有力、最好变化和最壮观的乐器。它的音域及音量极大，任何一首作品都可以演奏得悦耳、动听。

在键盘乐器中——其实可说是在所有乐器中——管风琴最为独特。它的历史可溯源至2000多年前，是一种最古老的乐器。据说它是由古埃及、希腊时代所使用的水压式风琴演变而来，而水压式风琴则是公元前3世纪埃及亚历山大港工程师克泰西比奥斯巴达发明的。但管风琴发声的原理至今没变；一架现代管风琴就像最古老的管风琴一样，拥有风箱，让空气进入被震动的管里。虽然原理看似简单，但要操作现代管风琴可说是极为复杂。现今大部分管风琴都是以电子操作，但较古老的管风琴则由杠杆的机械原理操纵发声。

dōu bǎ mù guāng tóu xiàng gāng qín qián chuān zhe hè sè sī chóu lǐ fú dài zhe
都把目光投向钢琴前穿着褐色丝绸礼服、戴着

jié bái lǐng jié de xiǎo nán hái mò zhā tè
洁白领结的小男孩——莫扎特。

dāng yōu yáng de qín shēng zài dà tīng zhōng huí dàng shí dà jiā dōu bǐng zhù
当悠扬的琴声在大厅中回荡时，大家都屏住

hū xī qīng tīng zhè měi miào dòng rén de qín shēng yì qǔ zhōng liǎo rú léi
呼吸，倾听这美妙动人的琴声。一曲终了，如雷

de zhǎng shēng cóng sì chù xiǎng qǐ tā men dōu zàn tàn zhè me yōu měi de yīn
的掌声从四处响起，他们都赞叹这么优美的音

yuè jìng rán shì chū zì yí wèi suì hái zi de yǎn zòu
乐，竟然是出自一位6岁孩子的演奏。

fēng kuáng de jī qíng guò hòu huáng dì shuō huà le hái zi nǐ gāng
疯狂的激情过后，皇帝说话了：“孩子，你刚

cái de yǎn zòu shí zài shì tài bàng le tīng shuō nǐ hái huì xǔ duō bié de yǎn
才的演奏实在是太棒了，听说你还会许多别的演

zòu kě yǐ ràng wǒ men xīn shǎng ma
奏，可以让我们欣赏吗？”

mò zhā tè xiàng huáng dì yì jū gōng yòng zhì nèn de shēng yīn shuō
莫扎特向皇帝一鞠躬，用稚嫩的声音说：

zūn jìng de bì xià wǒ hěn lè yì wèi nín hé huáng hòu yǎn chū wǒ tīng hòu
“尊敬的陛下，我很乐意为您和皇后演出，我听候

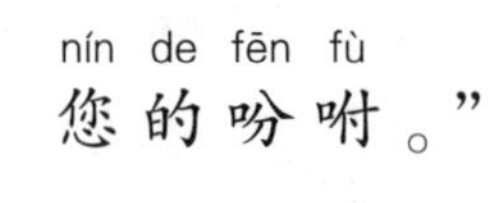

nín de fēn fù
您的吩咐。”

jiē zhe yí wèi gōng tíng zuò qǔ jiā zài
接着，一位宫廷作曲家在

huáng hòu shòu yì xià ná gěi mò zhā tè yì
皇后授意下，拿给莫扎特一

shǒu shí fēn nán tán de xié zòu qǔ mò zhā tè
首十分难弹的协奏曲。莫扎特

kàn le yí biàn jiù qīng qīng sōng sōng de tán zòu
看了一遍，就轻轻松松地弹奏

chu lai le zuò qǔ jiā zé zé chēng qí de shuō mò zhā tè bǐ wǒ zhè ge
出来了。作曲家啧啧称奇地说:“莫扎特比我这个
yuán chuàng zhě tán de hái yào hǎo
原创者弹得还要好。”

suí hòu wèi le mǎn zú nà xiē guì fù de hào qí mò zhā tè hé jiě jie
随后,为了满足那些贵妇的好奇,莫扎特和姐姐
mǎ lì ān nà jiē shòu le gè zhǒng xī qí gǔ guài de kǎo yàn lì rú zhǐ
玛丽安娜接受了各种稀奇古怪的考验,例如:只
yòng yì gēn shǒu zhǐ tán qín yǐ róng bù gài zhe qín jiàn yǎn zòu jí liǎng ge rén
用一根手指弹琴、以绒布盖着琴键演奏及两个人
zài tóng yí jià gāng qín shang yǎn zòu zài zhè ge wǎn shang mò zhā tè
在同一架钢琴上演奏……在这个晚上,莫扎特
chōng fèn de zhǎn xiàn le tā de tiān fù
充分地展现了他的天赋。

biǎo yǎn jié shù hòu huáng hòu rěn bu zhù bǎ mò zhā tè bào zài zì jǐ de
表演结束后,皇后忍不住把莫扎特抱在自己的
huái zhōng téng ài de shuō hái zi nǐ zǒu le nà me yuǎn de lù zài zhè
怀中,疼爱地说:“孩子,你走了那么远的路,在这
me duō rén miàn qián biǎo yǎn nǐ huì gǎn dào hài pà ma
么多人面前表演,你会感到害怕吗?”

mò zhā tè huí dá wǒ bú hài pà wǒ xǐ huan yǎn zòu yǎn zòu ràng wǒ
莫扎特回答:“我不害怕,我喜欢演奏,演奏让我
gǎn dào hěn kuài lè
感到很快乐。”

dí què chéng rú mò zā tè de jiě jie zài rì hòu huí yì shí suǒ shuō
的确,诚如莫扎特的姐姐在日后回忆时所说:
zhǐ yào yīn yuè zài jì xù tā jiù shì yīn yuè yīn yuè yí dàn jié shù tā
“只要音乐在继续,他就是音乐;音乐一旦结束,他
yòu huí dào xiǎo hái zi de yàng zi zuò qǔ huò biǎo yǎn zhè lèi shì
又回到小孩子的样子。作曲或表演这类事,
wǒ men cóng lái méi yǒu qiáng pò tā ér
我们从来没有强迫他,而

qiě wǒ men cháng cháng bù dé bú shè fǎ bǎ tā yǐn kāi fǒu zé tā yě xǔ huì
且我们常常不得不设法把他引开，否则他也许会
zhòu yè bù tíng de miàn duì gāng qín jì xù chuàng zuò tā de qǔ zi
昼夜不停地面对钢琴，继续创作他的曲子。”

yǎn zòu zhī hòu xiǎo gōng zhǔ zǒu guo lai tā yě hěn xǐ huan zhè wèi nián
演奏之后，小公主走过来，她也很喜欢这位年
líng hé tā xiāng fǎng de xiǎo nán hái mò zhā tè qiān zhe gōng zhǔ de shǒu shuō
龄和她相仿的小男孩。莫扎特牵着公主的手，说：
gōng zhǔ nǐ zhēn měi lì wǒ zhǎng dà hòu yí dìng yào qǔ nǐ
“公主，你真美丽，我长大后一定要娶你。”

hǎo dà dǎn de yí jù huà huáng dì hé huáng hòu xiān shì lèng le yí xià
好大胆的一句话！皇帝和皇后先是愣了一下，
jiē zhe dà xiào qi lai huáng dì shuō nǐ jiǎn zhí xiàng yí ge mó shù shī nǐ
接着大笑起来。皇帝说：“你简直像一个魔术师，你
de yīn yuè shì mó shù nǐ de huà yě shì mó shù nǐ gěi wǒ men dài lái le xǔ
的音乐是魔术，你的话也是魔术，你给我们带来了许
duō huān xiào hǎo wǒ sòng gěi nǐ men jiě dì yì rén yì méi zuàn shí jiè zhi
多欢笑。好，我送给你们姐弟一人一枚钻石戒指。”

jiù zài gōng tíng li biǎo yǎn de dì èr tiān wéi yě nà suǒ yǒu de bào zhǐ
就在宫廷里表演的第二天，维也纳所有的报纸
dōu yǐn yòng huáng dì de huà chēng hu mò zhā tè wéi xiǎo mó shù shī mò
都引用皇帝的话，称呼莫扎特为“小魔术师”。莫
zhā tè tā men zài gōng tíng li dāi le liǎng ge xīng qī rán hòu lí kāi le wéi
扎特他们在宫廷里待了两个星期，然后离开了维
yě nà
也纳。

yóu yú wéi yě nà de chéng gōng mò zhā tè de fù
由于维也纳的成功，莫扎特的父
qīn jué dìng dài zhe mò zhā tè qián wǎng bā lí yīn wei zài
亲决定带着莫扎特前往巴黎。因为在
dāng shí bā lí shì ōu zhōu de wén huà zhōng xīn rèn hé
当时，巴黎是欧洲的文化中心，任何

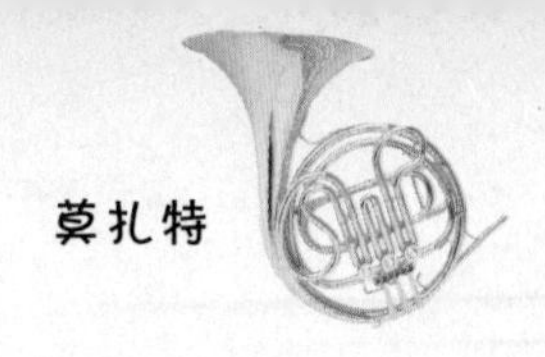

人想要得到名声，就非前往巴黎不可。

1762年夏天，他们开始启程，经过奥格斯堡、曼海姆、法兰克福、布鲁塞尔，终于到达了巴黎。

在法兰克福演奏会上，德国伟大的文学家歌德也曾在此聆听，他在日后的回忆录中大大地赞扬了莫扎特的琴艺："一个人的音乐才能会最早显现，因为音乐完全是天生的、表达内心情感的，用不着在外界吸收多少营养或从生活中吸取多少经验。不过像莫扎特那样，实在是永远无法解释的奇迹。"

也许有人会说："老莫扎特实在太狠心了，竟然忍心让自己的孩子四处奔波吃苦，难道做父亲的就是这样贪财好利吗？"

不，当然不是，老莫扎特并不是爱慕虚荣、贪财好名的人。他带着小莫扎特到处旅行演出，主要

mù dì shì wèi le ràng ér zi zài yīn yuè jiè yíng dé shén tóng de míng shēng
目的是为了让儿子在音乐界赢得“神童”的名声
hé gèng duō de rèn tóng tā suǒ zuò de yí qiè dōu shì wèi zǐ nǚ de wèi lái
和更多的认同。他所做的一切都是为子女的未来
zhuó xiǎng
着想。

mò zhā tè zài zhè ge shí qī jiē chù dào gè dì bù tóng fēng gé bù tóng xíng
莫扎特在这个时期接触到各地不同风格、不同形
shì yǔ bù tóng tè sè de yīn yuè zhè xiē jīng yàn duì tā jí wéi zhòng yào tā
式与不同特色的音乐，这些经验对他极为重要，他
rì hòu de zuò pǐn róng hé le zhè xiē sù cái suǒ yǐ yǒu yì zhǒng shì jiè xìng
日后的作品融合了这些素材，所以有一种世界性。

lǚ xíng yǎn chū suī rán shǐ mò zhā tè míng wén xiá ěr xué dào gè dì de
旅行演出虽然使莫扎特名闻遐迩，学到各地的
yīn yuè kě shì duì tā de jiàn kāng què yǒu hài wú yì mò zhā tè zhī suǒ yǐ
音乐，可是对他的健康却有害无益。莫扎特之所以
yīng nián zǎo shì yǔ cóng xiǎo jiù guò dù gōng zuò yǒu bì rán de lián xì
英年早逝，与从小就过度工作有必然的联系。

bù jiǔ mò zhā tè yòu yǔ fù qīn qián wǎng yì dà lì zhè yí cì mò
不久，莫扎特又与父亲前往意大利。这一次莫
zhā tè bù jǐn shì wèi le xún huí yǎn chū tóng shí gèng xī wàng dé dào jìn yí
扎特不仅是为了巡回演出，同时更希望得到进一
bù shēn zào tā men jīng guò wéi luò nà màn tú yà hé mǐ lán dào dá zhù
步深造。他们经过维洛纳、曼图亚和米兰，到达著
míng de yīn yuè shèng dì bō lóng nà
名的音乐圣地——波隆那。

yì dà lì de bō lóng nà kě yǐ shuō shì
意大利的波隆那可以说是18
shì jì suǒ yǒu yīn yuè jiā gōng rèn de shèng dì
世纪所有音乐家公认的圣地，
dāng shí zuì wěi dà de yīn yuè xué zhě hé jiào shòu
当时最伟大的音乐学者和教授

pà dé ruì mǎ tí ní jiù zhù zài zhè lǐ rèn hé zuò qǔ jiā yǔ yǎn zòu jiā
帕德瑞·马提尼就住在这里。任何作曲家与演奏家
yì jīng mǎ tí ní zàn měi lì kè shēn jià bǎi bèi shèn zhì kě yǐ cóng cǐ
一经马提尼赞美，立刻身价百倍，甚至可以从此
xiǎng yù quán ōu zhōu
享誉全欧洲。

yì tiān shàng wǔ mò zhā tè hé fù qīn yì qǐ qián wǎng mǎ tí ní de
一天上午，莫扎特和父亲一起前往马提尼的
zhù chù qǐng qiú mǎ tí ní zhǐ dǎo mǎ tí ní yǐ jīng zhī dào zhè wèi shén tóng
住处，请求马提尼指导。马提尼已经知道这位神童
de dà míng dàn hái shi tí chū xǔ duō zhuān yè wèn tí ér mò zhā tè yě píng
的大名，但还是提出许多专业问题，而莫扎特也凭
jiè zì jǐ guò qù cóng shí jiàn zhōng dé dào de jīng yàn yī yī zuò dá
借自己过去从实践中得到的经验一一作答。

mǎ tí ní shí fēn mǎn yì shuō hěn hǎo yǐ nǐ zhè yàng de nián líng néng
马提尼十分满意，说：“很好，以你这样的年龄能
gòu zhī dào zhè me duō yǐ jīng shì nán néng kě guì le
够知道这么多，已经是难能可贵了。”

mǎ tí ní yòu yāo qiú mò zhā tè lā xiǎo tí qín tán gāng qín bìng qiě
马提尼又要求莫扎特拉小提琴、弹钢琴，并且
ràng tā biàn huàn jǐ zhǒng bù tóng de yǎn zòu fēng gé hái ràng tā jí xìng chuàng
让他变换几种不同的演奏风格，还让他即兴创
zuò le yí duàn jiǎn duǎn de yuè qǔ
作了一段简短的乐曲。

jīng guò zhǒng zhǒng cè shì mǎ tí ní shēn shēn de gǎn shòu dào le zhè wèi
经过种种测试，马提尼深深地感受到了这位
shào nián shēn shang sàn fā chū de tiān cái guāng
少年身上散发出的天才光
máng yú shì shōu mò zhā tè wéi tú
芒，于是收莫扎特为徒。

mò zhā tè chēng mǎ tí ní wéi zūn jìng de mǎ
莫扎特称马提尼为“尊敬的马

提尼老师”，马提尼也竭尽所能地指点他，教他学习一些特殊的音乐技能，讲述各种有关音乐的故事。

在马提尼的家中，有许多珍贵的音乐书籍，莫扎特如饥似渴地阅读着，他的音乐素养很快便进入了另一个新的境界。

1770年，在马提尼的推荐下，莫扎特以14岁的年龄破例参加年满21岁才可以参加的波伦亚音乐学院一项相当困难的会员筛选测试。

莫扎特在短短一小时内就结束了考试，经过专家们的评判，一致同意他当选为学院的荣誉会员。

人们常认为“莫扎特的才华是天上掉下来的”，事实上，莫扎特虽然是天才，但也是经过一番努力才锻炼出来的。

几个月后，莫扎特依依不舍地离开马提尼老师，回到故乡萨尔茨堡，担任大主教西吉茨蒙德的宫

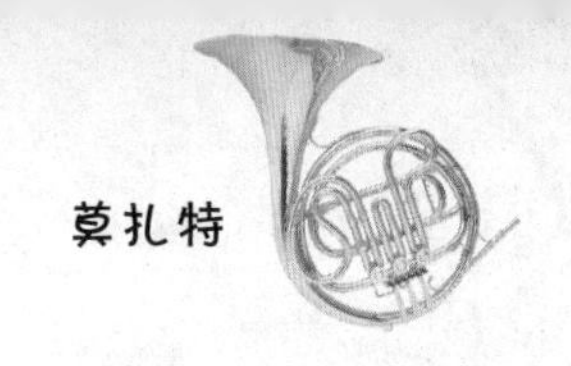

tíng jiāo xiǎng yuè tuán zhǐ huī
廷交响乐团指挥。

yì nián duō hòu rén cí de xī jí cí méng dé dà zhǔ jiào qù shì yóu
一年多后，仁慈的西吉茨蒙德大主教去世，由
kē luò liè duō bó jué jì wèi zhè wèi xīn zhǔ jiào gāng bì zì yòng tǎo yàn yīn
柯洛列多伯爵继位。这位新主教刚愎自用，讨厌音
yuè què piān piān xǐ huan fù yōng fēng yǎ cháng cháng zì zuò cōng míng kē luò
乐，却偏偏喜欢附庸风雅，常常自作聪明。柯洛
liè duō duì mò zhā tè de cái huá hé qǔ dé de róng yù hěn dù jì yú shì qiān
列多对莫扎特的才华和取得的荣誉很妒忌，于是千
fāng bǎi jì de diāo nàn zhè wèi nián qīng de yīn yuè jiā xiǎng bǎ tā biàn chéng zì
方百计地刁难这位年轻的音乐家，想把他变成自
jǐ xùn fú de pú rén
己驯服的仆人。

mò zhā tè mò mò de rěn shòu zhe dà zhǔ jiào cū bào wú lǐ de duì dài
莫扎特默默地忍受着大主教粗暴无礼的对待，
dù guò le tā qīng nián shí dài zuì tòng kǔ de yí duàn shí guāng
度过了他青年时代最痛苦的一段时光。

yǒu yí cì dà zhǔ jiào wú lǐ de zhǐ zé mò zhā tè nǐ cóng tóu dào
有一次，大主教无礼地指责莫扎特：“你从头到
wěi cóng lǐ dào wài dōu shì jiāo ào
尾，从里到外都是骄傲。”

mò zhā tè fēi cháng shēng qì jī hū yào zhǎo dà zhǔ jiào lǐ lùn zhè jiàn
莫扎特非常生气，几乎要找大主教理论。这件
shì bèi tā fù qīn zhī dào yǐ hòu fù qīn jìng rán xiě le yì fēng xìn pī píng mò
事被他父亲知道以后，父亲竟然写了一封信批评莫
zhā tè zhǐ zé tā yǔ dà zhǔ jiào bù hé shì dà nì
扎特，指责他与大主教不和是大逆
bú dào de xíng wéi
不道的行为。

píng rì duì fù qīn jí wéi zūn jìng de mò zhā
平日对父亲极为尊敬的莫扎

tè wú fǎ rěn shòu qīn rén duì tā de bù lǐ jiě tā yì fǎn cháng tài xiě
特，无法忍受亲人对他的不理解，他一反常态，写
le yì fēng bù gōng jìng de xìn gěi fù qīn qí zhōng yí duàn xiě dào nín
了一封“不恭敬”的信给父亲，其中一段写道：“您
de lái xìn méi yǒu yì háng zì néng shǐ wǒ rèn chū shì wǒ fù qīn xiě de bú
的来信没有一行字能使我认出是我父亲写的，不
cuò nà shì yí ge fù qīn xiě de dàn jué duì bú shì wǒ fù qīn xiě de
错，那是一个父亲写的，但绝对不是我父亲写的。”

nián mò zhā tè rěn wú kě rěn zhōng yú hé dà zhǔ jiào jué liè
1782年，莫扎特忍无可忍，终于和大主教决裂，
fèn rán cí qù zhǐ huī de zhí wù hòu shì de píng lùn zhě dōu rèn wéi zhè shì
愤然辞去指挥的职务。后世的评论者都认为：这是
yí ge jìn bù de yì shù jiā yǔ fēng jiàn shè huì zhī jiān máo dùn chōng tū de bì
一个进步的艺术家与封建社会之间矛盾冲突的必
rán jié guǒ
然结果。

wèi le gǎi biàn zì jǐ de nú pú dì wèi mò zhā tè nìng yuàn cí zhí
为了改变自己的奴仆地位，莫扎特宁愿辞职。
tā yě zhī dào děng dài tā de jué duì bú shì pū mǎn xiān huā de kāng zhuāng dà
他也知道，等待他的绝对不是铺满鲜花的康庄大
dào dàn shì tā qíng yuàn rěn shòu pín kùn jī è shèn zhì sǐ wáng yě yào
道，但是他情愿忍受贫困、饥饿，甚至死亡，也要
qù kāi pì yì tiáo xīn de shēng huó dào lù
去开辟一条新的生活道路。

mò zhā tè de zhè xiē zuò wéi zài nà
莫扎特的这些作为，在那
ge shí dài dí què shì lìng rén sù rán qǐ jìng
个时代，的确是令人肃然起敬
de zhuàng jǔ shì de zhè shì mò zhā tè
的壮举。是的，这是莫扎特
de xuǎn zé rú guǒ mò zhā tè de yīn yuè
的选择。如果莫扎特的音乐

zhōng yǒu nà zhǒng gù zuò fēng yǎ de guì zú qì xī yǒu nà zhǒng yōng sú zhī
中有那种故作风雅的贵族气息，有那种庸俗之
rén de fèng cheng wèi dào nà me tā de zuò pǐn yòu zěn me kě néng liú fāng
人的奉承味道，那么，他的作品又怎么可能流芳
bǎi shì ne
百世呢！

mò zhā tè xiàng táo chū láo lóng de xiǎo niǎo dài zhe tā de yīn yuè tóu bèn
莫扎特像逃出牢笼的小鸟，带着他的音乐投奔
wéi yě nà
维也纳。

bù jiǔ mò zhā tè kāng hé sī tǎn sī jié hūn le wèi le yǎng jiā hú
不久，莫扎特康和斯坦斯结婚了。为了养家糊
kǒu mò zhā tè kāi shǐ máng lù qi lai tā yǒu shí jiāo yīn yuè yǒu shí bài
口，莫扎特开始忙碌起来。他有时教音乐，有时拜
fǎng míng shì kāi yīn yuè huì cān jiā jí huì dàn tā de shēng huó bìng bù ān
访名士、开音乐会、参加集会，但他的生活并不安
dìng méi yǒu rén gù dìng de gù yòng tā lìng wài tā bú huì guǎn lǐ jīn qián
定，没有人固定地雇用他。另外，他不会管理金钱，
ér qī zi kāng sī tǎn sī gèng shì méi yǒu jīn qián gài niàn liǎng ge rén yì yǒu
而妻子康斯坦斯更是没有金钱概念。两个人一有
qián jiù hū péng yǐn bàn dà chī dà hē yí dùn gǎo de mò zhā tè bì xū rì
钱就呼朋引伴，大吃大喝一顿，搞得莫扎特必须日
rì yè yè zuò qǔ zhuàn qǔ chóu láo wéi chí shēng jì zhè zhǒng qíng xíng yì zhí
日夜夜作曲赚取酬劳，维持生计。这种情形一直
dào tā qù shì dōu bù céng gǎi biàn
到他去世都不曾改变。

yǒu shí hou tā men qióng de mǎi bu qǐ qǔ nuǎn de méi tàn zhǐ hǎo xiāng
有时候，他们穷得买不起取暖的煤炭，只好相
yōng tiào wǔ yǐ dù guò màn màn cháng yè wèi le sān cān wēn bǎo mò zhā tè
拥跳舞，以度过漫漫长夜。为了三餐温饱，莫扎特
shèn zhì céng jiāng gāng qín diǎn dàng chu qu
甚至曾将钢琴典当出去。

mò zhā tè de zuò qǔ fāng shì hěn nán ràng rén xiǎng xiàng yīn wei tā shì
莫扎特的作曲方式很难让人想象，因为他是
yí wèi yīn yuè tiān cái yǒu yí cì tā dā ying bié ren xiě yì shǒu sān chóng zòu
一位音乐天才。有一次，他答应别人写一首三重奏
qǔ dàn shì tā yòu xiǎng qù wán gǔn qiú yīn cǐ tā jué dìng liǎng zhě yì qǐ wán
曲，但是他又想去玩滚球，因此他决定两者一起完
chéng tā yí miàn wán gǔn qiú yí miàn pǔ sān chóng zòu qǔ lún dào tā shí
成。他一面玩滚球，一面谱三重奏曲，轮到他时
jiù qù wán gǔn qiú xiū xī shí jiù mái tóu zuò qǔ zài zhè yàng de huán jìng
就去玩滚球，休息时就埋头作曲。在这样的环境
xià tā jìng rán yě wán chéng le yì shǒu yōu měi de qǔ zi
下，他竟然也完成了一首优美的曲子。

mò zhā tè suí shí suí dì dōu kě yǐ zuò qǔ bú lùn zǒu lù huò yǔ bié
莫扎特随时随地都可以作曲，不论走路或与别
rén tán huà tā de nǎo zi zǒng shì zài bù tíng de zuò qǔ bù tíng de huàn
人谈话，他的脑子总是在不停地作曲，不停地幻
xiǎng tè bié shì zuò zài mǎ chē shang de shí hou mò zhā tè de tóng nián yǒu
想，特别是坐在马车上的时候。莫扎特的童年有
hěn duō shí jiān dōu shì zài mǎ chē shang dù guò de yīn cǐ mǎ chē bēn chí de lù
很多时间都是在马车上度过的，因此马车奔驰的辘
lù shēng tè bié róng yì zài tā nǎo hǎi zhong zhuǎn huà chéng měi miào de jié zòu
辘声，特别容易在他脑海中转化成美妙的节奏
yǔ xuán lǜ
与旋律。

nián mò zhā tè shòu tuō wèi wéi yě nà jù yuàn xiě gē jù tā
1785年，莫扎特受托为维也纳剧院写歌剧，他
xiǎng dào de hé zuò duì xiàng shì gōng tíng shī rén dá péng tǎ jīng guò tiāo
想到的合作对象是宫廷诗人达·蓬塔。经过挑
xuǎn liǎng wèi yì shù jiā jué dìng cǎi yòng fǎ guó jù zuò jiā bó mǎ shě de jù
选，两位艺术家决定采用法国剧作家博马舍的剧
běn fèi jiā luó de hūn yīn zuò wéi chuàng zuò de sù cái
本《费加罗的婚姻》作为创作的素材。

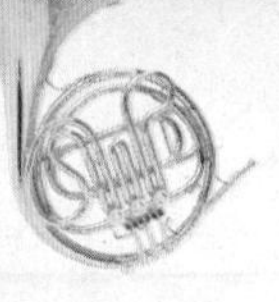

zhè ge jù běn miáo xiě tān lán ér fàng dàng de guì zú zhǔ rén chuí xián píng
这个剧本描写贪婪而放荡的贵族主人垂涎平
mín fèi jiā luó de wèi hūn qī sū shān nà de měi sè cōng míng de fèi jiā luó
民费加罗的未婚妻苏珊娜的美色，聪明的费加罗
yòng tā de jī zhì hé yōu mò yǔ guì zú zhǔ rén qiǎo miào de zhōu xuán zuì hòu
用他的机智和幽默与贵族主人巧妙地周旋，最后
jī bài guì zú zhǔ rén yíng dé měi rén guī
击败贵族主人，赢得美人归。

zài mò zhā tè hé dá péng tǎ qiǎo miào de gǎi biān xià zhè bù gē jù
在莫扎特和达·蓬塔巧妙的改编下，这部歌剧
wán zhěng bǎo liú le jù běn zhōng zuì jīng cǎi de qíng jié hé jī běn sī xiǎng rán
完整保留了剧本中最精彩的情节和基本思想。然
hòu mò zhā tè wèi zhè bù gē jù gòu sī le quán bù de yīn yuè
后，莫扎特为这部歌剧构思了全部的音乐。

gé nián zhè bù fèi jiā luó de hūn lǐ zhōng yú yào shàng yǎn le
隔年，这部《费加罗的婚礼》终于要上演了。
cóng kāi yǎn qián zhōu qǐ zhè bù gē jù yǐ jīng chéng wéi rén men chá yú fàn
从开演前3周起，这部歌剧已经成为人们茶余饭
hòu zuì rè mén de huà tí gòu mǎi yù shòu piào de guān zhòng pái chéng yì tiáo
后最热门的话题。购买预售票的观众排成一条
cháng cháng de rén lóng
长长的人龙。

zài yīn yuè shǐ shàng jīng cháng fā shēng zhè yàng de shì qing yǒu xiē ěr
在音乐史上，经常发生这样的事情：有些耳
shú néng xiáng de yōu měi yuè qǔ zài shǒu yǎn de shí hou què cǎn zāo huá
熟能详的优美乐曲，在首演的时候却惨遭“滑
tiě lú zài guān zhòng de xū shēng hé gān rǎo xià wú fǎ jì xù yǎn chū yóu
铁卢”，在观众的嘘声和干扰下无法继续演出，尤
qí shì zài sù yǒu yīn yuè zhī dū de wéi yě nà yīn wei nà lǐ yǒu zuì
其是在素有音乐之都的维也纳。因为那里有最
yōu xiù de zuò qǔ jiā hé yǎn yuán yě yǒu
优秀的作曲家和演员，也有

zuì dǒng de yīn yuè hé xì jù de guān zhòng tā men de pǐn wèi hé tiāo tī shì
最懂得音乐和戏剧的观众，他们的品味和挑剔是

jǔ shì wén míng de bú guò rú guǒ néng zài nà lǐ huò dé hè cǎi yǔ kěn dìng
举世闻名的。不过，如果能在那里获得喝彩与肯定，

mǎ shàng jiù kě yǐ yì jǔ chéng míng míng lì shuāng shōu
马上就可以一举成名，名利双收。

ér yǒu xiē yuè qǔ hé xì jù hǎo xiàng shì zhù dìng huì lì jí shòu dào huān
而有些乐曲和戏剧好像是注定会立即受到欢

yíng de jiù xiàng mò zhā tè de fèi jiā luó de hūn lǐ tā jiù shì wèi yǎn
迎的，就像莫扎特的《费加罗的婚礼》，它就是未演

xiān hōng dòng bìng qiě bó dé mǎn táng hè cǎi de yīn yuè jù
先轰动，并且博得满堂喝彩的音乐剧。

dāng zhè bù yīn yuè jù shǒu cì cǎi pái shí yóu dāng shí zhù míng de nán
当这部音乐剧首次彩排时，由当时著名的男

dī yīn gē chàng jiā bèi nǔ qì shì yǎn jù zhōng de zhǔ jiǎo fèi jiā luó bèi nǔ
低音歌唱家贝努契饰演剧中的主角费加罗。贝努

qì de sǎng yīn fēi cháng hóng liàng yóu qí shì chàng dào zhè bù yīn yuè jù zhōng
契的嗓音非常洪亮，尤其是唱到这部音乐剧中

zuì shòu rén huān yíng de yǒng tàn diào shí bèi nǔ qì piào liang de yīn sè gèng shì
最受人欢迎的咏叹调时，贝努契漂亮的音色更是

fā huī de lín lí jìn zhì dá dào gǎn rén zhì shēn de xiào guǒ zhàn zài yì páng
发挥得淋漓尽致，达到感人至深的效果。站在一旁

zhǐ huī yuè duì de mò zhā tè jīn bu zhù duì bèi nǔ qì shuō chàng de shí zài shì
指挥乐队的莫扎特禁不住对贝努契说：“唱得实在是

tài hǎo le bèi nǔ qì
太好了，贝努契！”

zhè shǒu yǒng tàn diào gāng jié shù zài wǔ tái shang de suǒ yǒu yǎn yuán hé
这首咏叹调刚结束，在舞台上的所有演员和

yuè duì qíng bú zì jīn de duì zhe mò zhā tè huān hū tài hǎo le yīn yuè dà
乐队情不自禁地对着莫扎特欢呼：“太好了，音乐大

shī wěi dà de mò zhā tè wàn suì
师，伟大的莫扎特万岁！”

zhè bù yīn yuè jù gōng yǎn shí jiù zài gāo yīn dī yīn yǐ jí qíng lǚ
这部音乐剧公演时，就在高音、低音以及情侣
jiān de ní nán shēng zhōng tiǎo dòng zhe guān zhòng shàng xià bō dòng de qíng xù
间的呢喃声中挑动着观众上下波动的情绪，
tā men rú chī rú zuì de xīn shǎng zhe yì zhí dào gē shēng tíng zhǐ rén men
他们如痴如醉地欣赏着，一直到歌声停止，人们
cái cóng chén zuì zhōng qīng xǐng guo lai tā men bèi zhè qián suǒ wèi yǒu de yīn yuè
才从沉醉中清醒过来。他们被这前所未有的音乐
zhēng fú le yì shí zhī jiān zhǎng shēng léi dòng rén men nà hǎn zhe zài
征服了。一时之间，掌声雷动，人们呐喊着：“再
lái yí biàn qǐng zài lái yí biàn
来一遍，请再来一遍！”

mò zhā tè zhàn zài zhǐ huī tái shang mù dǔ yǎn qián de chéng gōng tā
莫扎特站在指挥台上，目睹眼前的成功，他
shì nà me jī dòng nà me shén cǎi fēi yáng liǎn shang fàn qǐ zhēn zhèng shǔ yú
是那么激动，那么神采飞扬，脸上泛起真正属于
tiān cái de hóng guāng duō shǎo ge bù mián zhī yè cái yǒu le zhè bù bù xiǔ de
天才的红光。多少个不眠之夜才有了这部不朽的
yīn yuè jù zhè kě shì níng jié tā wú shù xīn xuè de jié jīng a
音乐剧，这可是凝结他无数心血的结晶啊！

yìng guān zhòng de yāo qiú jù zhōng jī hū suǒ yǒu de qǔ zi dōu yǎn chàng
应观众的要求，剧中几乎所有的曲子都演唱
le liǎng sān biàn yuán dìng xiǎo shí de yǎn chū bèi wú xiàn qī de yán cháng le
了两三遍。原定3小时的演出，被无限期地延长了。

zài bāo xiāng nèi xīn shǎng yīn yuè jù de yuē sè fū huáng dì qīng shēng de
在包厢内欣赏音乐剧的约瑟夫皇帝轻声地
duì huáng hòu shuō zhào zhè
对皇后说：“照这
yàng xià qu zhè chǎng yǎn
样下去，这场演
chū dào tiān liàng yě méi yǒu
出到天亮也没有

bàn fǎ jié shù yǎn yuán hé yuè duì dōu huì lèi huài de
办法结束，演员和乐队都会累坏的。”

zài huáng dì de shòu yì xià guān zhòng cái tíng zhǐ yāo qiú zài lái yí biàn yì yóu wèi jìn de lí kāi jù yuàn
在皇帝的授意下，观众才停止要求“再来一遍”，意犹未尽地离开剧院。

zài fèi jiā luó de hūn lǐ zhè bù yīn yuè jù zhōng mò zhā tè chuàng zuò chū ràng guān zhòng míng bai měi ge jué sè de yīn yuè shǐ guān zhòng hǎo xiàng rèn shi tā men jìn ér shēn shēn de róng rù jù qíng zhōng
在《费加罗的婚礼》这部音乐剧中，莫扎特创作出让观众明白每个角色的音乐，使观众好像认识他们，进而深深地融入剧情中。

fèi jiā luó de hūn lǐ huò dé kōng qián de chéng gōng tā yǐ wán měi de xíng shì hé xiān míng de sī xiǎng xiǎn shì zhe mò zhā tè de yīn yuè chuàng zuò yǐ jīng dá dào yí ge dǐng fēng cóng cǐ mò zhā tè shí dài zhèng shì zài yīn yuè shǐ shang lā kāi xù mù
《费加罗的婚礼》获得空前的成功，它以完美的形式和鲜明的思想，显示着莫扎特的音乐创作已经达到一个顶峰。从此，莫扎特时代正式在音乐史上拉开序幕。

dì yī ge kěn dìng mò zhā tè de tiān fèn bìng jǐ yǔ hé lǐ dài yù de chéng shì bú shì wéi yě nà ér shì wèi yú bō xī mǐ yà de bù lā gé zì cóng nián bù lā gé de mín zhòng tīng guo mò zhā tè de hòu gōng yòu táo hòu tā men jiù shēn shēn de ài shàng le zhè wèi dài gěi tā men huān lè de yīn yuè jiā
第一个肯定莫扎特的天分并给予合理待遇的城市不是维也纳，而是位于波西米亚的布拉格。自从1783年布拉格的民众听过莫扎特的《后宫诱逃》后，他们就深深地爱上了这位带给他们欢乐的音乐家。

nián mò zhā tè bīn lín pò chǎn bù lā gé
1787年，莫扎特濒临破产，布拉格

jù yuàn tū rán yāo qǐng tā xiě gē jù zhè jiǎn zhí jiù shì yì chǎng jí shí yǔ
剧院突然邀请他写歌剧，这简直就是一场及时雨。
mò zhā tè fēi cháng gāo xìng yòu yāo qǐng xiān qián hé zuò guo de gōng tíng shī rén
莫扎特非常高兴，又邀请先前合作过的宫廷诗人
dá péng tǎ chuàng zuò táng qiáo wǎ ní de jù běn mò zhā tè kàn hòu
达·蓬塔创作《唐·乔瓦尼》的剧本。莫扎特看后，
hěn kuài jiù pǔ xiě hǎo qǔ zi
很快就谱写好曲子。

yuè rì yè wǎn gē jù táng qiáo wǎ ní zài bù lā gé jù yuàn
10月30日夜晚，歌剧《唐·乔瓦尼》在布拉格剧院
shǒu cì yǎn chū huò dé jí dà de chéng gōng bù lā gé
首次演出，获得极大的成功。布拉格
de bǎi xìng bǎ tā men zuì shēn de jìng yì hé ài dài rú
的百姓把他们最深的敬意和爱戴、如
léi de zhǎng shēng quán dōu háo wú bǎo liú de jǐ yǔ tā men
雷的掌声，全都毫无保留地给予他们
xīn mù zhōng de yīn yuè dà shī mò zhā tè
心目中的音乐大师——莫扎特。

nián mò zhā tè zhī chēng zhe rì yì shuāi ruò de
1791年，莫扎特支撑着日益衰弱的
shēn tǐ mái tóu chuàng zuò gē jù mó dí zhōng de yīn yuè
身体，埋头创作歌剧《魔笛》中的音乐。
tā zhè shí de xīn qíng zāo tòu le tā de yīn yuè huì hé gē jù yǎn chū dōu fēi
他这时的心情糟透了，他的音乐会和歌剧演出都非
cháng chéng gōng kě shì zǒng shì zhuàn bu dào qián ér qī zi kāng sī tǎn sī
常成功，可是总是赚不到钱，而妻子康斯坦斯
yòu yīn jí bìng dào bā dēng zhì liáo xìng hǎo chuàng zuò mó dí xī yǐn le tā
又因疾病到巴登治疗。幸好，创作《魔笛》吸引了他
quán bù de zhù yì lì shǐ tā zàn shí wàng jì shēn biān de chóu kǔ hé shēn tǐ
全部的注意力，使他暂时忘记身边的愁苦和身体
de bìng tòng
的病痛。

《魔笛》是莫扎特最后的歌剧作品，被乐圣贝多芬认为是他歌剧的代表作，剧本是席卡内德所写的。

在这部歌剧中，我们可以看出莫扎特所呈现的18世纪巴洛克时期的均衡、对立理念。王子塔米诺代表善良、真理的一方，而捕鸟人则是盲目追求物质享受的一方；祭司萨拉斯妥也以高贵的情操来感化夜后的报复。莫扎特成功地将自己的意念寄托于这个童话般的题材中。

在这部歌剧中，令人印象深刻的歌曲相当多，如：夜后的咏叹调、巴巴吉诺演唱的犹如童话般的歌曲、祭司的合唱、萨拉斯妥的咏叹调及巴巴吉诺与芭芭吉娜的二重唱。莫扎特赋予了《魔笛》生命，他的音乐清晰明朗，使得整部歌剧充满丰富的活力及生命力。

《魔笛》于同年的9月30日首演，引起轰动。为

了答谢观众的厚爱，莫扎特还亲自上场指挥。

在莫扎特创作的《魔笛》接近完成时，7月的某一天半夜，突然来了一位身披黑色披风的男子。男子用50个金币作为酬劳，请他写一部《安魂曲》。莫扎特当时吓了一跳，认为这位男士是死神，他想：“也许这个黑衣人就是死神派来提前和我做约定的吧！”

莫扎特本来想拒绝，但是因为实在缺钱用，只好勉强答应了。或许是预感死之将至，也或许是受到这位黑衣人委托创作《安魂曲》的影响，在《魔笛》的后半段，曾出现类似《安魂曲》的曲风。

由于《魔笛》演出的成功，莫扎特差点儿忘了答应创作《安魂曲》这件事。有一天晚上，那名黑衣男子又突然出现，催促他早日完成。后来，莫扎特才知道这位黑衣男士是瓦尔茨格伯爵的仆人。这位伯爵有将别人的作品当做自己创作的作品发

表的可耻习惯。

莫扎特感受到非常强大的压力，日日夜夜都在思索着《安魂曲》的创作。因为他的身体本来就不好，加上常常在夜里作曲，他的身体更加衰弱了。这时他已感觉到他是在为自己作一首安魂曲了。

到11月，莫扎特已经病得无法起床，不过他仍然没有放弃自己的这份责任，依然坚持工作。为了赶在约定时间交出曲子，

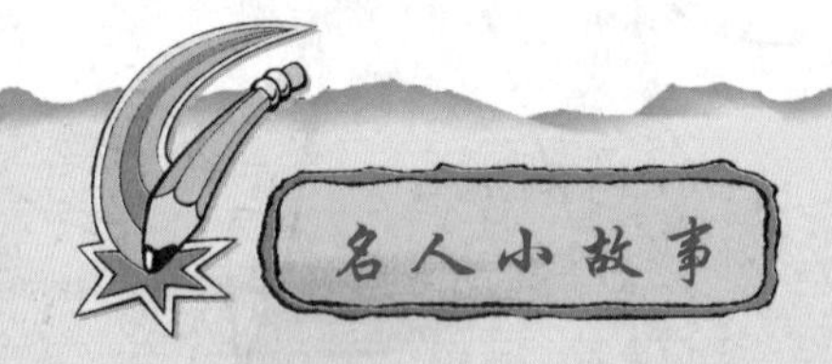

莫扎特35岁就英年早逝，他在给父亲的书信中曾屡次提到自己对死亡的预感。例如在1787年4月4日给父亲的信中写道：“严格说来，死亡是人生真正的终结目的，死亡是人类最忠实的、最好的朋友，这几年来我和这位朋友的关系变得亲密起来，他的形象不仅不再使我害怕，而且能使我感到安宁，获得安慰。感谢上帝使我认识到死亡能带来真正的幸福。我虽然还年轻，可是我每天夜晚上床时都会想到也许我活不到明天；然而认识我的人，谁也不能说我曾流露过抑郁、忧伤的心情。”

可见莫扎特对于死亡的态度是相当豁达的，并不像一般人那么悲观。

他常常一边流泪一边作曲，以致病情急剧恶化。他感到力不从心，无法再继续提笔了。莫扎特知道自己的大限已经来临，立即把学生苏斯迈尔找来，指示他来完成曲子未完成的部分。

12月5日，莫扎特看着手中《安魂曲》的乐谱，终于咽下最后一口气。莫扎特逝后，《安魂曲》就由苏斯迈尔继续完成。

瓦尔茨格伯爵后来在妻子的忌日亲自演奏了这首《安魂曲》。

莫扎特去世时，家中没有一点儿钱。他的葬礼非常简单寒酸，遗体被埋葬在十分廉价的平民公墓内，连棺

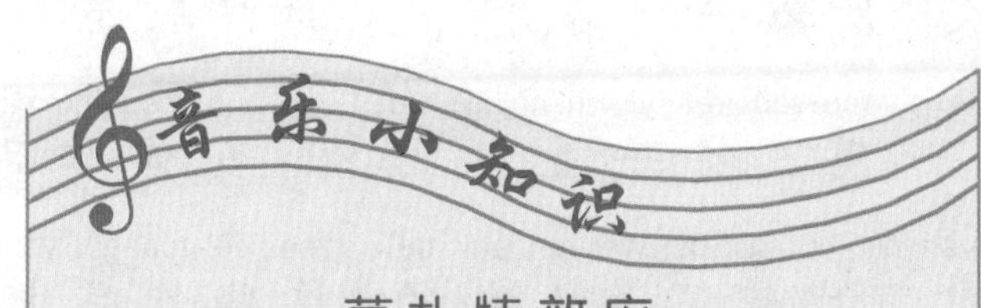

莫扎特效应

有关“莫扎特效应”的论文，于1993年发表在《自然》期刊上。论文指出：根据实验证明，每天聆听十分钟莫扎特的奏鸣曲，可以增长智力。

1998年，美国的佛罗里达州甚至通过立法，要求托儿所每天播放半个小时的古典音乐。

mù dōu shì shì zhèng fǔ chū qián mǎi de
木都是市政府出钱买的。

mò zhā tè chū bìn nà tiān qī zi kāng sī tǎn sī yīn bìng liú zài bā
莫扎特出殡那天，妻子康斯坦斯因病留在巴
dēng wú fǎ péi bàn zhàng fu zǒu wán rén shēng de zuì hòu yì chéng zhǐ yǒu jǐ
登，无法陪伴丈夫走完人生的最后一程，只有几
ge qīn péng hǎo yǒu sòng tā zuì hòu yì chéng rán ér tū rán xià qǐ bào fēng
个亲朋好友送他最后一程。然而，突然下起暴风
xuě sòng zàng de rén zhǐ hǎo bàn tú zhé fǎn zhǐ shèng xia yí ge wā jué mù xué
雪，送葬的人只好半途折返，只剩下一个挖掘墓穴
de lǎo rén jiāng gū dān de mò zhā tè mái zài le mù yuán li
的老人将孤单的莫扎特埋在了墓园里。

jǐ tiān hòu kāng sī tǎn sī lái dào mù yuán āi dào tā de zhàng fu kě
几天后，康斯坦斯来到墓园哀悼她的丈夫。可
shì yóu yú xià zàng shí méi yǒu zài mái zàng chù shù lì shí zì jià gèng méi yǒu
是由于下葬时没有在埋葬处竖立十字架，更没有
lì mù bēi yīn cǐ kāng sī tǎn sī yǐ wú fǎ zhǎo dào zhàng fu de ān zàng
立墓碑，因此康斯坦斯已无法找到丈夫的安葬
chù suǒ yǐ yí dài yīn yuè wěi rén de shī hái zhì jīn réng xià luò bù míng
处。所以一代音乐伟人的尸骸至今仍下落不明。

mò zhā tè yì shēng xiě le duō shǒu zuò pǐn yǒu chū lèi bá cuì de
莫扎特一生写了800多首作品，有出类拔萃的，
yě yǒu bǐ jiào bù wéi rén zhī de zhè xiē zuò pǐn yóu yú hán gài de céng miàn hěn
也有比较不为人知的。这些作品由于涵盖的层面很
guǎng hěn nán fēn chū yōu liè bú guò bù kě fǒu rèn de shì mò zhā tè de
广，很难分出优劣。不过，不可否认的是，莫扎特的
zuò pǐn dōu hěn píng mín huà hěn hǎo tīng ér qiě yǒu wēn xīn de měi gǎn lìng rén
作品都很平民化、很好听，而且有温馨的美感，令人
huí wèi wú qióng
回味无穷。

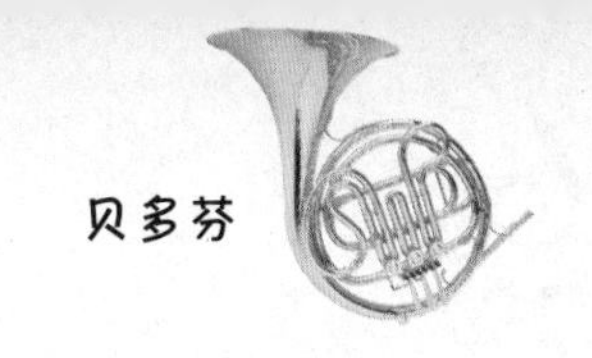

音乐巨匠 贝多芬

(1770年—1827年)

bèi rén men yù wéi yuè shèng de bèi duō fēn yǔ hǎi dùn mò zhā tè
被人们誉为“乐圣”的贝多芬，与海顿、莫扎特

bìng chēng wéi wéi yě nà gǔ diǎn yuè pài de sān dà zuò qǔ jiā
并称为维也纳古典乐派的三大作曲家。

nián bèi duō fēn dàn shēng zài dé guó lái yīn hé pàn bō ēn shì de
1770年，贝多芬诞生在德国莱茵河畔波恩市的

yí ge qīng pín jiā tíng zhōng zǔ fù shì bō ēn gōng tíng yuè duì de yuè zhǎng
一个清贫家庭中。祖父是波恩宫廷乐队的乐长，

fù qīn yuē hàn shì yí wèi cái huá píng yōng yòu ài xù jiǔ de hé chàng tuán gāo yīn
父亲约翰是一位才华平庸又爱酗酒的合唱团高音

gē shǒu mǔ qīn mǎ lì yà zé shì yí wèi xián shū de nǚ xìng
歌手，母亲玛丽亚则是一位贤淑的女性。

bèi duō fēn de yīn yuè tiān fèn zài suì shí jiù bèi zǔ fù fā xiàn le dàn
贝多芬的音乐天分在3岁时就被祖父发现了，但

shì zhè wèi rén cí yòu yǒu cái huá de zǔ fù què méi yǒu jī huì zhǐ dǎo tā bù
是这位仁慈又有才华的祖父却没有机会指导他，不

jiǔ jiù yǔ shì cháng cí le
久就与世长辞了。

fù qīn yuē hàn shì yí ge jiǔ guǐ pí qi fēi cháng bào zào tā xiǎng ràng
父亲约翰是一个酒鬼，脾气非常暴燥。他想让

贝多芬成为“莫扎特第二”，以得到名声及金钱，所以贝多芬很小就被逼迫坐在琴凳上，用小手触摸着琴键。父亲拿着小棍子站在一旁，只要贝多芬一弹错，小棍子就会落在他的手背上。贝多芬是喜欢弹钢琴的，但是在父亲的威胁下，他对钢琴可以说是又爱又恨。

童年的贝多芬完全没有玩伴，陪伴他的就是一架冷冰冰的钢琴。因此，贝多芬从小就显得特别孤僻。

贝多芬8岁时在科隆举行了首场演奏会，虽然连市长都来捧场，也获得观众不少的掌声，但是却不如神童莫扎特那样轰动。

1781年，贝多芬已经11岁，虽然琴艺不凡，但是父亲约翰能教他的并不多，而一些老师也不曾系统地教过他，所以贝多芬所学的都是片

duàn de zhī shi bèi duō fēn fǎng fú yuán dì tà bù méi yǒu cháng zú de jìn
段的知识。贝多芬仿佛原地踏步，没有长足的进

bù mǔ qīn mǎ lì yà dāng jī lì duàn duì yuē hàn shuō wǒ men yīng gāi wèi
步。母亲玛丽亚当机立断，对约翰说："我们应该为

bèi duō fēn zhǎo yí wèi gèng yōu xiù de lǎo shī yǒu xì tǒng de jiāo tā yīn yuè
贝多芬找一位更优秀的老师，有系统地教他音乐

cái duì
才对。"

yuē hàn yě liǎo jiě zhè zhǒng qíng xíng shuō hǎo wā nǐ jué de shéi bǐ
约翰也了解这种情形，说："好哇！你觉得谁比

jiào hé shì ne
较合适呢？"

mǎ lì yà shuō
玛丽亚说：

niè fū xiān sheng shì yí wèi zhù míng de zuò qǔ jiā yě shì gōng tíng yuè duì de guǎn fēng qín shǒu zhī shi yuān bó zài yīn yuè fāng miàn yǒu hěn gāo de zào yì wǒ yǐ jīng hé tā yue hǎo le jīn tiān jiù
"聂夫先生是一位著名的作曲家，也是宫廷乐队的管风琴手，知识渊博，在音乐方面有很高的造诣。我已经和他约好了，今天就

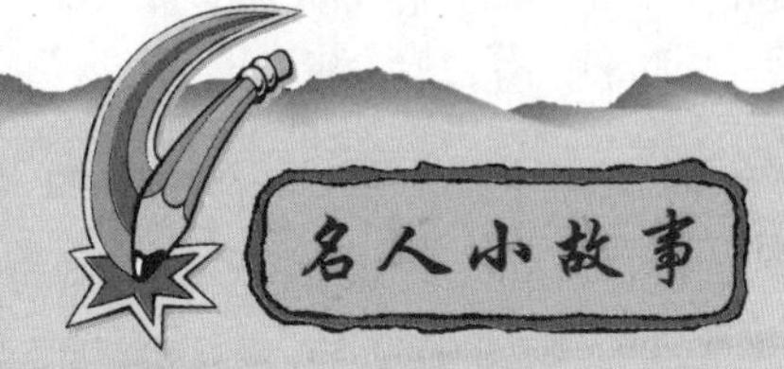

1781年，贝多芬跟随乐队指挥聂夫学习钢琴和作曲，另外还跟随弗兰兹·安东·里斯学习小提琴，这些老师的努力使贝多芬开始形成自己独特的风格。

聂夫是一位好老师，他不但看出贝多芬的优势所在，也能察觉其弱点：缺乏自制力、修养和纪律。他要求贝多芬研习前辈的作品，如巴赫的《平均律钢琴曲集》，或是同时代音乐家的名篇，如莫扎特的作品。1783年，聂夫在一本音乐杂志上撰文："这位年轻的天才应该在其艺术修养方面得到更多的帮助，只要贝多芬能坚持不懈，一定会成为莫扎特第二。"而贝多芬也很爱戴这位老师，他在同一年写给聂夫的信中提到："如果我有所成就，这一定是您的功劳。"

dài bèi duō fēn qù jiàn tā
带贝多芬去见他。”

mǎ lì yà bāng tā chuān shang zhèng shì lǐ fú yòu jiāo dài le yì xiē
玛丽亚帮他穿上正式礼服，又交代了一些

huà jiù dài zhe tā xiàng niè fū xiān sheng jiā zǒu qù
话，就带着他向聂夫先生家走去。

niè fū xiān sheng zǎo jiù tīng shuō guo zhè ge xǐ ài yīn yuè de hái zi yīn
聂夫先生早就听说过这个喜爱音乐的孩子，因

cǐ rèn zhēn de dǎ liang zhe bèi duō fēn qīn qiè de shuō hái zi nǐ zhēn liǎo
此认真地打量着贝多芬，亲切地说：“孩子，你真了

bu qǐ jǐ nián qián jiù dēng tái yǎn chū le
不起，几年前就登台演出了。”

bèi duō fēn qiān xū de shuō xiān sheng liǎo bu qǐ zhè sān ge zì
贝多芬谦虚地说：“先生，‘了不起’这三个字

wǒ shí zài dān dāng bu qǐ dāng shí zhǐ shì bèi fù qīn yìng bī shàng tái de
我实在担当不起，当时只是被父亲硬逼上台的。”

niè fū xiān sheng xiào zhe shuō nǐ zhēn qiān xū duì le nǐ gēn bié ren
聂夫先生笑着说：“你真谦虚。对了，你跟别人

xué guo yuè qì ma
学过乐器吗？”

bèi duō fēn tiáo zhěng le yí xià zuò zī shuō wǒ fù qīn jiào wǒ tán gāng
贝多芬调整了一下坐姿，说：“我父亲教我弹钢

qín pí ài fú ěr xiān sheng jiāo wǒ lā xiǎo tí qín hé chuī shuāng huáng guǎn
琴，皮爱弗尔先生教我拉小提琴和吹双簧管，

kē hè hé zàn sài ěr xiān sheng jiāo wǒ yǎn zòu guǎn fēng qín luò fán dì ní jiāo
柯赫和赞赛尔先生教我演奏管风琴，洛凡蒂尼教

wǒ zhōng yīn tí qín
我中音提琴。”

niè fū xiān sheng hěn jīng yà de shuō zhè
聂夫先生很惊讶地说：“这

xiē rén dōu shì hěn yōu xiù de yīn yuè jiā nǐ xiǎo
些人都是很优秀的音乐家，你小

小年纪就受过这些名师的指点，我不知道我还能教你什么。你现在已经有很高的音乐造诣了，为什么还要向我学习呢？”

贝多芬不卑不亢地说：“我要向高手看齐。”

聂夫先生说：“好一句‘向高手看齐’！我决定收你做学生了，我要把我的所学毫无保留地教给你。”

聂夫先生又严肃地说：“音乐工作者是一种高尚的职业，也是一份艰辛的工作，天赋固然重要，

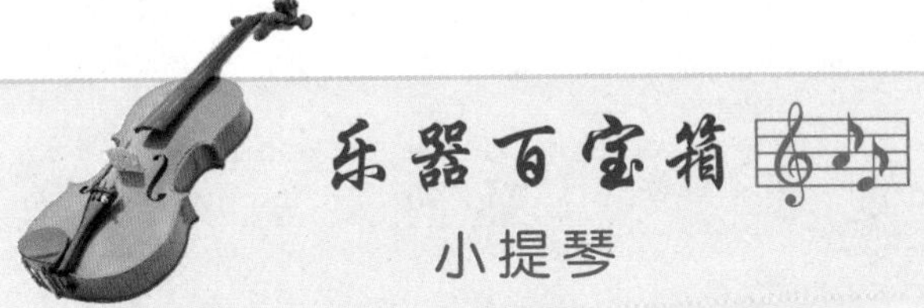

乐器百宝箱

小提琴

小提琴是提琴家族中最小、音高最高的一种，比它大的提琴有中提琴、大提琴和低音大提琴。

小提琴属于弓弦乐器，是现代管弦乐团弦乐组中最重要的乐器。小提琴主要的特点在于其动听的声音、高度的演奏技巧和丰富、广泛的表现力。

现代的小提琴最早出现于16世纪的意大利北部威尼斯等地。最早期的小提琴，除了一些文艺作品中有所描述之外，没有保存至今的实物。1505年的一幅壁画上有一把三弦小提琴，这是至今可见最早的小提琴形象。

现代小提琴有四根弦，从粗到细的定音依次是G、D、A、E。每根空弦之间相差的音程都是纯五度；每根空弦都能在不同的把位上奏出完整的音列；每根空弦能奏出的音域都在两个八度左右。

dàn shì néng fǒu jiān chí xia qu jiù gèng zhòng yào le
但是，能否坚持下去就更重要了。”

bèi duō fēn jiān dìng de shuō wǒ xǐ huan yīn yuè wǒ yí dìng néng gòu jiān chí xia qu de
贝多芬坚定地说：“我喜欢音乐，我一定能够坚持下去的。”

niè fū xiān sheng shuō hěn hǎo wǒ men lái nǐ dìng yí ge jì huà ba
聂夫先生说：“很好，我们来拟定一个计划吧！”

bèi duō fēn yí huò de wèn jì huà shén me jì huà
贝多芬疑惑地问：“计划？什么计划？”

niè fū xiān sheng shuō yīn yuè xū yào líng gǎn yě xū yào xún xú jiàn jìn de guò chéng yào ràng nǐ de tiān fèn chōng fèn fā huī chu lai bì xū yào yǒu yí ge míng què de ān pái nǐ méi yǒu shòu guo yǒu jì huà de xì tǒng xìng jiào yù yīn cǐ wǒ rèn wéi nǐ yīng gāi xiān xué xí yīn yuè lǐ lùn gǒng gù jī chǔ
聂夫先生说：“音乐需要灵感，也需要循序渐进的过程，要让你的天分充分发挥出来，必须要有一个明确的安排。你没有受过有计划的系统性教育，因此我认为你应该先学习音乐理论，巩固基础。”

niè fū xiān sheng jiē zhe shuō yīn yuè shì yì mén hěn fù zá de yì shù guāng huì kàn qǔ pǔ shì bú gòu de hái yào chōng shí qí tā xué wen lì rú wén xué lì shǐ měi shù zhé xué yǒu le fēng fù de rén wén sù yǎng chuàng zuò de yīn yuè cái néng yǒu shēng mìng lì yě cái néng dǎ dòng rén xīn
聂夫先生接着说：“音乐是一门很复杂的艺术，光会看曲谱是不够的，还要充实其他学问，例如：文学、历史、美术、哲学……有了丰富的人文素养，创作的音乐才能有生命力，也才能打动人心。”

bèi duō fēn ruò yǒu suǒ wù de shuō wǒ
贝多芬若有所悟地说：“我

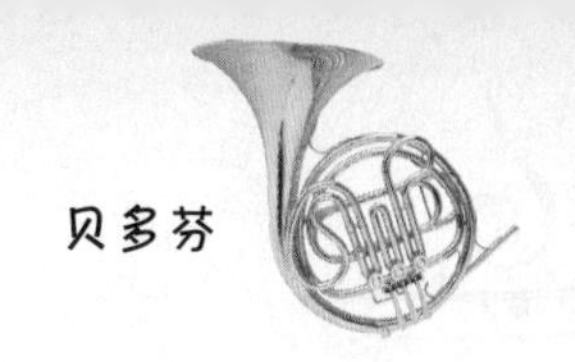

míng bai le wǒ huì zhào zhe lǎo shī de huà qù zuò
明白了，我会照着老师的话去做。”

nià fū xiān sheng shuō wǒ men cóng míng tiān kāi shǐ shàng kè xī wàng
聂夫先生说：“我们从明天开始上课，希望

nǐ bú yào wàng le zì jǐ chéng nuò guo de huà
你不要忘了自己承诺过的话。”

bèi duō fēn zài niè fū xiān sheng de zhǐ dǎo xià zhēn zhèng de kuò dà le
贝多芬在聂夫先生的指导下，真正地扩大了

yì shù shì yě bù jiǔ tā zài ǒu rán de jī huì zhōng dài tì fù guǎn fēng qín
艺术视野。不久，他在偶然的机会中代替副管风琴

shǒu zài xuǎn dì hóu dé guó de yì zhǒng guān míng miàn qián biǎo yǎn huò dé
手在选帝侯（德国的一种官名）面前表演，获得

xuǎn dì hóu de zàn yáng ér chéng wéi gōng tíng yuè shǒu tā kāi shǐ cān jiā gè
选帝侯的赞扬，而成为宫廷乐手。他开始参加各

zhǒng yǎn chū chū xí gè zhǒng chǎng hé xué dào le xǔ duō zhī shi zài yīn
种演出，出席各种场合，学到了许多知识，在音

yuè shang de jìn bù yě yuè lái yuè kuài
乐上的进步也越来越快。

suì nà nián bèi duō fēn shī qù le cí mǔ zhè shì bèi duō fēn shēng
16岁那年，贝多芬失去了慈母，这是贝多芬生

mìng zhōng de yí ge zhuǎn zhé diǎn tóng nián bèi duō fēn dān rèn bái lǎng níng jiā
命中的一个转折点。同年，贝多芬担任白朗宁家

de gāng qín lǎo shī yě yǔ bái lǎng níng jiā de dà nǚ
的钢琴老师，也与白朗宁家的大女

ér fā shēng le yí duàn méi yǒu jié guǒ de chū liàn
儿发生了一段没有结果的初恋。

suì shí bèi duō fēn qián wǎng wéi yě nà huì
17岁时，贝多芬前往维也纳会

jiàn mò zhā tè bèi mò zhā tè rèn wéi shì rì hòu de
见莫扎特，被莫扎特认为是日后的

yì kē xīn xīng bìng cóng mò zhā tè nà lǐ xué dào yì xiē zuò qǔ jì qiǎo
一颗新星，并从莫扎特那里学到一些作曲技巧。

yǒu yì tiān xuǎn dì hóu dài zhe bèi duō fēn děng gōng tíng yuè shī yì qǐ qù
有一天，选帝侯带着贝多芬等宫廷乐师一起去
cān jiā mí sa wú yì jiān yù dào yào qù lún dūn kāi yǎn zòu huì de dà yīn yuè
参加弥撒，无意间遇到要去伦敦开演奏会的大音乐
jiā hǎi dùn bèi duō fēn xīn xǐ ruò kuáng yīn wei hǎi dùn de yīn yuè yì zhí péi
家海顿。贝多芬欣喜若狂，因为海顿的音乐一直陪
bàn zhe tā zhǎng dà xiàn zài néng qīn yǎn kàn dào hǎi dùn běn rén zěn néng bú
伴着他长大，现在能亲眼看到海顿本人，怎能不
jiào tā xīng fèn ne
叫他兴奋呢？

xuǎn dì hóu wèi le biǎo shì duì hǎi dùn de zūn jìng tè yì zài hǎi dùn xià
选帝侯为了表示对海顿的尊敬，特意在海顿下
tà de lǚ guǎn jǔ bàn yì chǎng yàn huì xuǎn dì hóu duì bèi duō fēn shuō bèi
榻的旅馆举办一场宴会。选帝侯对贝多芬说："贝
duō fēn yǒu jī huì yǔ dà shī jiē chù duì nǐ huì yǒu hěn dà de bāng zhù
多芬，有机会与大师接触，对你会有很大的帮助。"

zài yàn huì zhōng bèi duō fēn yì zhí xiǎng hé hǎi dùn shuō huà kě shì
在宴会中，贝多芬一直想和海顿说话，可是
xǔ duō rén wéi rào zhe hǎi dùn zhè ràng bèi duō fēn wú fǎ lǐng shòu tā de
许多人围绕着海顿，这让贝多芬无法领受他的
jiào huì
教诲。

zhèng dāng bèi duō fēn gǎn dào shī wàng de shí hou tū rán hǎi dùn duān
正当贝多芬感到失望的时候，突然，海顿端
zhe yì bēi jiǔ zǒu guo lai wèn dào nín jiù shì bèi duō fēn xiān sheng ma
着一杯酒走过来，问道："您就是贝多芬先生吗？"

bèi duō fēn shòu chǒng ruò jīng de shuō shì de hǎi dùn xiān sheng néng
贝多芬受宠若惊地说："是的，海顿先生，能
gòu rèn shi nín zhēn shì sān shēng yǒu xìng
够认识您，真是三生有幸！"

hǎi dùn huí dá nǐ tài kè qi le hǎo jǐ nián qián mò zhā tè jiù céng
海顿回答："你太客气了。好几年前，莫扎特就曾

经谈过你，莫扎特说‘请注意这个少年吧！不久他就会得到世人的称赞’。这是几年前的事，现在你的音乐造诣应该更上一层楼了吧！”

海顿这番话立刻吸引许多人围过来，卢契希乐长说：“海顿先生，贝多芬刚刚完成两首奏鸣曲，可以请他现场表演，让我们一饱耳福。”

于是，贝多芬在海顿期许的目光下，开始坐在钢琴前演奏。演奏刚开始时，并没有令人惊艳的地方，可是随着他的演奏，人们渐渐感受到乐曲的魅力，有如江河大海般，辽阔无际，波涛汹涌，引人入胜。

一曲终了，宴会厅里传来经久不息的掌声，赞叹声不绝于耳。

海顿等大家掌声稍歇，才说：“多美的音乐、多美的曲调，欧洲又诞生了一位灿烂的明星！我的眼光不会有错的，假以时

rì suǒ yǒu de rén dōu huì wèi nǐ huān hū
日，所有的人都会为你欢呼！”

bèi duō fēn qiān xū de shuō xiè xie nín de kuā jiǎng wǒ méi yǒu nín shuō
贝多芬谦虚地说：“谢谢您的夸奖，我没有您说
de nà me hǎo wǒ xū yào xué xí de dōng xi hái hěn duō
的那么好，我需要学习的东西还很多。”

hǎi dùn chéng kěn de xiàng bèi duō fēn jiàn yì nǐ wèi shén me bú qù wéi
海顿诚恳地向贝多芬建议：“你为什么不去维
yě nà ne wéi yě nà shì jǔ shì gōng rèn de yīn yuè zhī dū nà lǐ yǒu gèng
也纳呢？维也纳是举世公认的音乐之都，那里有更
duō de jī huì hé tiǎo zhàn shì hé nǐ zhè zhǒng yǒu cái huá de nián qīng rén ér
多的机会和挑战，适合你这种有才华的年轻人。而
qiě wéi yě nà de guān zhòng shì zuì tiāo tī de yīn yuè píng lùn jiā jīng guò tā
且维也纳的观众是最挑剔的音乐评论家，经过他
men de xǐ lǐ nǐ huì qǔ dé gèng dà de chéng jiù
们的洗礼，你会取得更大的成就。”

bèi duō fēn suì shí dìng jū wéi yě nà tā xiǎng bài mò zhā tè wéi
贝多芬22岁时定居维也纳。他想拜莫扎特为
shī kě xī mò zhā tè yǐ jīng qù shì le yú shì tā zhuǎn xiàng hǎi dùn hé ā
师，可惜莫扎特已经去世了。于是他转向海顿和阿
bù léi zhì bái kè xué xí zuò qǔ dàn shì hǎi dùn fēi cháng máng lù bìng méi
布雷治白克学习作曲。但是海顿非常忙碌，并没
yǒu duō shǎo shí jiān kě yǐ jiāo tā yīn cǐ qián jìn zhōng de bèi
有多少时间可以教他。因此，前进中的贝
duō fēn zài yǒu guān shè huì shang jí yīn yuè shang de shì dōu děi kào
多芬在有关社会上及音乐上的事都得靠
zì jǐ mō suǒ
自己摸索。

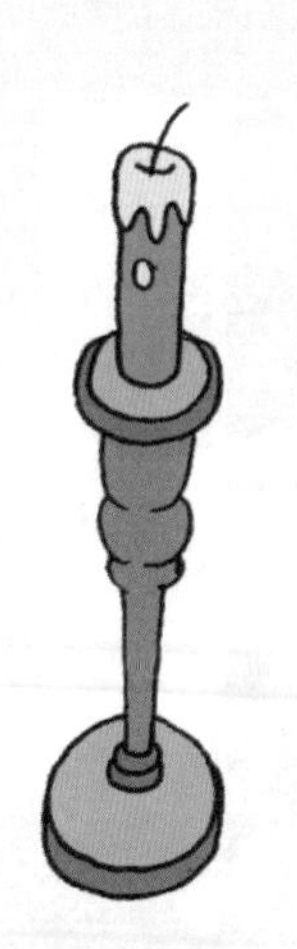

mò zhā tè qù shì hòu wéi yě nà de yīn yuè lǐng xiù shǒu
莫扎特去世后，维也纳的音乐领袖首
tuī hǎi dùn dàn shì bèi duō fēn duì hǎi dùn de zuò qǔ bìng bù shí
推海顿，但是贝多芬对海顿的作曲并不十

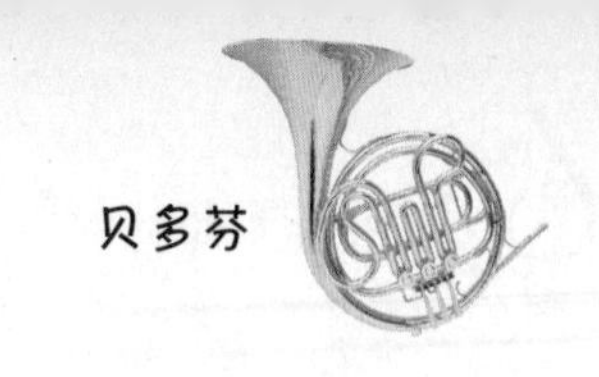

fēn mǎn yì
分满意。

bèi duō fēn suì nà nián fā biǎo le dì yī shǒu jiāo xiǎng qǔ zhè shí de
贝多芬30岁那年发表了第一首交响曲，这时的
tā yǐ jīng huàn le zàn shí xìng de ěr lóng le
他已经患了暂时性的耳聋了。

duì yí ge yīn yuè jiā lái shuō shī qù tīng jué děng yú zàng sòng le yīn
对一个音乐家来说，失去听觉，等于葬送了音
yuè shēng mìng yóu qí shì xiàng bèi duō fēn zhè zhǒng yīn yuè tiān cái jiǎn zhí shì
乐生命，尤其是像贝多芬这种音乐天才，简直是
tòng bú yù shēng wèi le zhì liáo ěr jí bèi duō fēn bān dào yuǎn lí wéi yě nà
痛不欲生。为了治疗耳疾，贝多芬搬到远离维也纳
de xiāng xia
的乡下。

yǒu yì tiān bèi duō fēn dú zì dāi zài fáng li nán nán zì yǔ nán dào
有一天，贝多芬独自待在房里，喃喃自语：“难道
wǒ de yì shēng jiù zhè yàng huǐ le ma wǒ shì ge zuò qǔ jiā shī qù tīng
我的一生就这样毁了吗？我是个作曲家，失去听
lì wǒ hái néng zuò shén me tīng bu dào shēng yīn wǒ huó zài shì shàng hái
力，我还能做什么？听不到声音，我活在世上还
yǒu shén me yì yì ne
有什么意义呢？”

yǒu xǔ duō cì bèi duō fēn xiǎng shì zhe wàng jì
有许多次，贝多芬想试着忘记
zì jǐ de ěr jí yǒu jǐ cì tā yě jī hū wàng
自己的耳疾，有几次他也几乎忘
le kě shì jí bìng jiù xiàng tiáo kě pà de chóng
了，可是疾病就像条可怕的虫
zi shēn shēn de zuān jìn le tā de xīn li xiǎng
子，深深地钻进了他的心里。想
qǐ zhǒng zhǒng měi hǎo de guò qù zài kàn kan xiàn zài
起种种美好的过去，再看看现在

de zì jǐ zhè zhǒng xīn líng shang de zhé mó jī hū bǎ tā bī fēng le
的自己，这种心灵上的折磨几乎把他逼疯了。

bèi duō fēn zuò zài gāng qín qián fèn nù de dà lì qiāo jī qín jiàn gāng
贝多芬坐在钢琴前，愤怒地大力敲击琴键，钢
qín fā chū zá luàn wú zhāng shèn zhì shì cì ěr de shēng yīn tā suī rán tīng bu
琴发出杂乱无章甚至是刺耳的声音。他虽然听不
dào gāng qín fā chū de shēng yīn dàn shì zuò zài gāng qín qián miàn suí zhe shǒu
到钢琴发出的声音，但是坐在钢琴前面，随着手
zhǐ de yí dòng tā gāng cái kuáng zào de xīn màn màn píng jìng xia lai gāng qín
指的移动，他刚才狂躁的心慢慢平静下来，钢琴
fā chū de yīn yuè yě zhú jiàn biàn de měi miào dòng tīng le
发出的音乐也逐渐变得美妙动听了。

yì qǔ zhōng liǎo fēng chuī jin lai liǎng zhāng zhǐ piāo dào dì shang bèi
一曲终了，风吹进来，两张纸飘到地上。贝
duō fēn jiǎn qi lai yí kàn yuán lái shì tā qián jǐ tiān xiě de yí shū shì rén
多芬捡起来一看，原来是他前几天写的遗书（世人
chēng wéi hǎi dé bǎo yí shū
称为“海德堡遗书”）。

tā bǎ yí shū zǐ xì de kàn le yí biàn nán yǐ zhì xìn de shuō zhè
他把遗书仔细地看了一遍，难以置信地说：“这
shì wǒ de yí zhǔ ma wǒ jìng rán xiǎng yòng zhè me qīng shuài de fāng fǎ jié shù
是我的遗嘱吗？我竟然想用这么轻率的方法结束
bǎo guì de shēng mìng shēng mìng shì yí ge rén zuì bǎo guì de cái fù shàng
宝贵的生命。生命是一个人最宝贵的财富，上
dì dōu bù rěn xīn ná zǒu wǒ què xiǎng bái bái de ràng tā shī qù
帝都不忍心拿走，我却想白白地让它失去。”

bèi duō fēn yuè xiǎng yuè jī dòng dà shēng de shuō wǒ shì bèi duō fēn
贝多芬越想越激动，大声地说：“我是贝多芬！
wǒ céng shòu dào xuǎn dì hóu de chēng zàn lián dà yīn yuè jiā hǎi dùn mò zhā
我曾受到选帝侯的称赞，连大音乐家海顿、莫扎
tè dōu duì wǒ guā mù xiāng kàn ér qiě wǒ zhǐ xiě le jǐ shǒu qǔ zi jiù zhēng
特都对我刮目相看。而且我只写了几首曲子就征

fú le shì jiè shang zuì tiāo tī de wéi yě nà guān zhòng wǒ shì yīn yuè qí
服了世界上最挑剔的维也纳观众。我是音乐奇
cái zěn me kě yǐ zhè yàng qīng shì shēng mìng ne
才，怎么可以这样轻视生命呢？”

bèi duō fēn fàng xia yí shū shuō wǒ hái yǒu xǔ duō wèi wán chéng de shì
贝多芬放下遗书，说：“我还有许多未完成的事，
wǒ de chuàng zuò jì huà hái yào pái dào shí jǐ nián zhī hòu wǒ zěn néng jiù zhè
我的创作计划还要排到十几年之后，我怎能就这
yàng zhěng tiān dāi zài jiā li làng fèi shí jiān ne
样整天待在家里浪费时间呢？”

jiù zài zhè yí shùn jiān bèi duō fēn xiǎng tōng le tīng bu dào méi yǒu
就在这一瞬间，贝多芬想通了：“听不到，没有
guān xì zhè yàng jiù méi yǒu rén huì dǎ rǎo wǒ chuàng zuò qǔ zi méi yǒu rén
关系，这样就没有人会打扰我创作曲子。没有人
kě yǐ bāng zhù wǒ wǒ zhǐ néng kào zì jǐ de lì liàng zhàn qi lai wǒ yào huí
可以帮助我，我只能靠自己的力量站起来。我要回
dào wéi yě nà wǒ yào chóng xīn huí dào wǒ rè ài de yīn yuè zhōng wǒ yào
到维也纳，我要重新回到我热爱的音乐中。我要
wán chéng xīn de zuò pǐn yǐ mǎn zú wǒ huí wéi yě nà kāi yì chǎng yīn yuè huì
完成新的作品，以满足我回维也纳开一场音乐会
de xū qiú
的需求。”

bù jiǔ bèi duō fēn guǒ zhēn huí dào wéi yě nà kāi le yì chǎng huàn ěr
不久，贝多芬果真回到维也纳，开了一场患耳
jí hòu de yuán mǎn yīn yuè huì bèi duō fēn táo zuì zài zì jǐ de tán zòu zhōng
疾后的圆满音乐会。贝多芬陶醉在自己的弹奏中，
tā jiāng quán bù de qíng gǎn shì fàng zài gēn shǒu zhǐ shang tán zòu chū yōu měi
他将全部的情感释放在10根手指上，弹奏出优美
dòng rén de yīn yuè
动人的音乐。

yǎn chū huò dé jí dà de chéng gōng
演出获得极大的成功，

wéi yě nà shì mín háo bú lìn xī de bǎ zhǎng shēng xiān huā róng yù hé zūn
维也纳市民毫不吝惜地把掌声、鲜花、荣誉和尊
jìng xiàn gěi bèi duō fēn suī rán zhè bìng bú shì bèi duō fēn dì yī cì huò dé zhè
敬献给贝多芬。虽然这并不是贝多芬第一次获得这
yàng de zàn měi dàn shì zhè yí cì de yì yì gèng wéi zhòng dà tā xiǎng
样的赞美，但是这一次的意义更为重大。他想：
shēng bìng suàn bu liǎo shén me tīng bu dào shēng
“生病算不了什么，听不到声
yīn yě wú suǒ wèi rén hái huó zhe jiù xíng le rén
音也无所谓，人还活着就行了。人
zhǐ yào néng gòu zhàn shèng zì jǐ jiù méi yǒu shén
只要能够战胜自己，就没有什
me hǎo hài pà de
么好害怕的。”

nián bèi duō fēn xiě le yì shǒu ná pò lún bō ná bā dà jiāo
1804年，贝多芬写了一首《拿破仑·波拿巴大交
xiǎng qǔ xiàng fǎ guó yīng xióng ná pò lún zhì jìng dàn shì dāng tīng dào ná pò
响曲》向法国英雄拿破仑致敬。但是当听到拿破
lún chēng dì de xiāo xi hòu tā fèn nù de sī diào le xiě yǒu ná pò lún míng
仑称帝的消息后，他愤怒地撕掉了写有拿破仑名
zi de biāo tí yè yòng bǐ yí de kǒu qì shuō tā yě bú guò shì ge fán fū
字的标题页，用鄙夷的口气说：“他也不过是个凡夫
sú zǐ xiàn zài tā yě yào jiàn tà mín yì yǐ chěng qí gè rén de yě xīn le
俗子，现在他也要践踏民意以逞其个人的野心了。
tā jiāng qí zài zhòng rén de tóu shang chéng wéi yí ge bào jūn
他将骑在众人的头上，成为一个暴君。”

guò le yì xiē shí rì bèi duō fēn bǎ qǔ míng gǎi wéi yīng xióng jiāo xiǎng
过了一些时日，贝多芬把曲名改为《英雄交响
qǔ cái bǎ zhè bù bō lán zhuàng kuò xióng wěi zhuāng yán de zuò pǐn gōng zhū
曲》，才把这部波澜壮阔，雄伟庄严的作品公诸
yú shì
于世。

1809年7月初，贝多芬住在李希诺夫斯基公爵的庄园里。有一次，公爵要求贝多芬为住在庄园内的法国军官演奏音乐。贝多芬严词拒绝，和公爵闹得不欢而散。

事后，贝多芬写了一封信给公爵，说：“公爵之所以为公爵，只是由于偶然的出身；贝多芬之所以为贝多芬，则全靠我自己。现在有很多公爵，将来仍然会有很多公爵；但是贝多芬却只有一个。”

1812年夏天，贝多芬挽着德国大诗人歌德的手，在温泉城泰普里茨的路上散步时，遇到一群路过的贵族。歌德频频向他们鞠躬，这使贝多芬大为恼怒。而当歌德谈论到皇宫的皇帝、皇后时，也用谦恭的词句。贝多芬不满地说：“您大可不必这样，这没有什么好处，您应该向所有的人直截了当地表明您的想法。我曾对一位公爵说‘你那种派头

shì yú chǔn de nà zhǐ huì xiǎn shì nǐ men de yōng sú wú zhī nǐ kě yǐ bǎ
是愚蠢的，那只会显示你们的庸俗无知。你可以把
xūn zhāng bié zài rèn hé yí ge rén de xiōng qián dàn shì tā jué bù kě néng yīn
勋章别在任何一个人的胸前，但是他绝不可能因
cǐ biàn de gèng hǎo nǐ kě yǐ ràng rén shēng guān què zào jiù bu chū gē dé
此变得更好；你可以让人升官，却造就不出歌德
hé bèi duō fēn lai
和贝多芬来。'"

zhè shí huáng hòu hé yì xiē dà chén cóng qián fāng zǒu guo lai bèi duō fēn
这时，皇后和一些大臣从前方走过来，贝多芬
duì gē dé shuō bú yào bǎ shǒu suō hui qu zhè lǐ yīng gāi ràng lù de shì tā
对歌德说："不要把手缩回去，这里应该让路的是她
men ér bú shì wǒ men
们，而不是我们。"

rán ér gē dé què bú zàn tóng tā chōu chū bèi bèi duō fēn wò zhù de
然而，歌德却不赞同。他抽出被贝多芬握住的
shǒu zhāi xia mào zi tuì dào lù biān bèi duō fēn què jìng zhí de cháo tā men
手，摘下帽子，退到路边。贝多芬却径直地朝她们
zǒu guo qu tā zhǐ shì shāo shāo pèng le yí xià mào yán huáng hòu tā men qiān
走过去，他只是稍稍碰了一下帽沿。皇后她们谦
gōng de ràng lù bìng yǒu hǎo de xiàng tā zhì lǐ
恭地让路，并友好地向他致礼。

bèi duō fēn zǒu guo rén qún yǐ hòu jiù tíng xia lai děng gē
贝多芬走过人群以后，就停下来等歌
dé rán hòu yǐ jìn hū chǎo jià de shēng diào shuō wǒ děng nín
德，然后以近乎吵架的声调说："我等您
shì yīn wei wǒ jìng zhòng nín nín shì zhí dé jìng zhòng de dàn
是因为我敬重您，您是值得敬重的。但
shì xiàn zài wǒ gǎi biàn xiǎng fǎ le nǐ bú shì wǒ xiǎng xiàng
是现在我改变想法了，你不是我想象
zhōng fú shì dé de zuò zhě nǐ zhǐ shì yí ge kě xiào de
中《浮士德》的作者，你只是一个可笑的

凡人。”

说完，贝多芬就丢下歌德，头也不回地大步离去。从此以后，他们再没有见过面。

从以上几则小故事，我们可以看出贝多芬的孤傲不群与不阿谀奉承的个性。

其实，贝多芬有时也很感性和冲动，这可以从他谱写《月光奏鸣曲》和《热情奏鸣曲》的过程看出来。

贝多芬很喜欢散步，因为散步可以激发他创作的灵感。有一天傍晚，他沿着林间小径，经过一间低矮的破旧房子前，忽然被屋里一男一女的谈话吸引了。

女的用哀怨的口吻说：“哥哥，这首贝多芬的曲子我始终弹不好！”

男的叹口气，说：“妹妹，对不起，我只是个穷鞋匠，实在没有多余的钱让你去向老师学习。”

nǚ de shuō yào shi wǒ de yǎn jing kě yǐ kàn de dào wǒ jiù néng gòu
女的说："要是我的眼睛可以看得到，我就能够
zì jǐ zhuàn qián qù xué yīn yuè le ài yào shi wǒ kě yǐ qīn ěr tīng dào bèi
自己赚钱去学音乐了。唉！要是我可以亲耳听到贝
duō fēn xiān sheng de tán zòu nà gāi yǒu duō hǎo
多芬先生的弹奏，那该有多好。"

nán de wú nài de shuō bèi duō fēn xiān sheng shì yǒu míng de yīn yuè jiā
男的无奈地说："贝多芬先生是有名的音乐家，
tā de yīn yuè huì piào jià hěn guì yǐ wǒ wēi bó de shōu rù gen běn mǎi bu
他的音乐会票价很贵，以我微薄的收入，根本买不
qǐ bú guò mèi mei wǒ yǐ hòu duō zuò yì xiē xié duō zhuàn diǎn er qián
起。不过，妹妹，我以后多做一些鞋，多赚点儿钱，
wǒ men còu he còu he yě xǔ nǎ yì tiān nǐ de mèng xiǎng jiù kě yǐ shí
我们凑合凑合，也许哪一天，你的梦想就可以实
xiàn le
现了。"

zài mén wài de bèi duō fēn tīng le fēi cháng gǎn dòng tā qīn qiè de xiàng
在门外的贝多芬听了，非常感动。他亲切地向
zhè duì xiōng mèi dǎ guo zhāo hu hòu zǒu jìn wū nèi zuò zài pò jiù de gāng qín
这对兄妹打过招呼后，走进屋内，坐在破旧的钢琴
qián kāi shǐ wèi tā men xiōng mèi yǎn zòu
前，开始为他们兄妹演奏。

zhè shí yuè liang yǐ jīng shēng qǐ jiǎo jié de yuè guāng tòu guo chuāng hu
这时，月亮已经升起，皎洁的月光透过窗户
sǎ luò zài wū nèi máng nǚ zuò zài yì páng qián chéng de líng tīng zhe jiù
洒落在屋内。盲女坐在一旁，虔诚地聆听着，就
xiàng yì zūn chún jié gāo guì de sù xiàng zhè qíng jǐng chù dòng le dà shī de xīn
像一尊纯洁高贵的塑像。这情景触动了大师的心
xián tā de tán zòu zhú jiàn lí kāi le yuán lái de qǔ diào xīn de yuè sī yuán
弦，他的弹奏逐渐离开了原来的曲调，新的乐思源
yuán bù jué de cóng zhǐ jiān liú xiè ér chū
源不绝地从指尖流泻而出。

这对兄妹听得入了迷。当他们从优美的旋律中回到现实，而且知道刚才是贝多芬本人亲自为他们演奏时，贝多芬已经离开了。

贝多芬匆匆回到家，一口气写下刚才弹奏的音乐，这就是贝多芬谱写《月光奏鸣曲》的由来。

《热情奏鸣曲》也是贝多芬在偶然间谱写成的。

1804年的夏日午后，贝多芬和他年轻的弟子利斯在散步。利斯发现老师不像往常一样陶醉在大自然的美景中，只是低声地哼着一个曲调。由于不想打扰老师脑海中不断涌现的乐思，走了很长一段路后，利斯才好奇地问：“老师，您在哼唱什么旋律？”

贝多芬回答：“我想到最近正在创作的一首

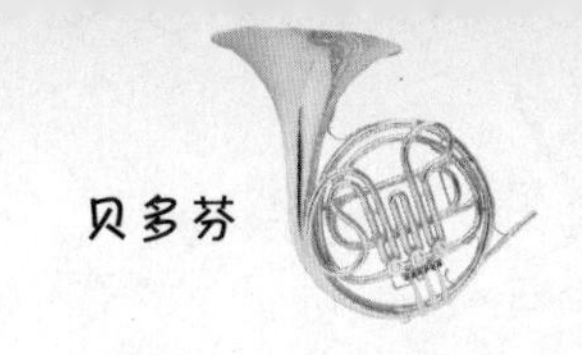

gāng qín zòu míng qǔ yuè zhāng de zhǔ tí le
钢琴奏鸣曲乐章的主题了。”

shuō dào zhè lǐ bèi duō fēn tū rán zhuǎn shēn kuáng bēn lì sī jué de
说到这里，贝多芬突然转身狂奔。利斯觉得
mò míng qí miào yě gēn zài lǎo shī hòu miàn pǎo qi lai
莫名其妙，也跟在老师后面跑起来。

bèi duō fēn yì pǎo jìn wū lǐ mǎ shàng zǒu dào gāng qín páng tán zòu qi
贝多芬一跑进屋里，马上走到钢琴旁弹奏起
lai wán quán wàng jì le páng biān pǎo de qì chuǎn xū xū de lì sī děng tā
来，完全忘记了旁边跑得气喘吁吁的利斯。等他
nǎo hǎi zhōng xíng chéng yí ge wán zhěng de yuè zhāng shí tā cái yì shí dào lì
脑海中形成一个完整的乐章时，他才意识到利
sī hái zài páng biān děng tā shàng kè yú shì tā zhuǎn guò
斯还在旁边等他上课。于是他转过

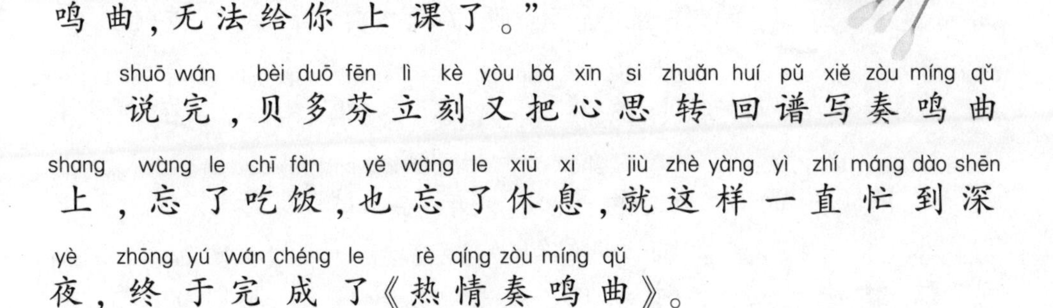

shēn lai shuō lì sī wǒ jīn tiān yào wán chéng yì shǒu zòu
身来，说：“利斯，我今天要完成一首奏
míng qǔ wú fǎ gěi nǐ shàng kè le
鸣曲，无法给你上课了。”

shuō wán bèi duō fēn lì kè yòu bǎ xīn si zhuǎn huí pǔ xiě zòu míng qǔ
说完，贝多芬立刻又把心思转回谱写奏鸣曲
shang wàng le chī fàn yě wàng le xiū xi jiù zhè yàng yì zhí máng dào shēn
上，忘了吃饭，也忘了休息，就这样一直忙到深
yè zhōng yú wán chéng le rè qíng zòu míng qǔ
夜，终于完成了《热情奏鸣曲》。

bèi duō fēn zuò pǐn fēng gé de yǎn biàn kě fēn wéi sān ge jiē duàn dì yī
贝多芬作品风格的演变可分为三个阶段，第一
jiē duàn dà yuē zài nián zhǔ yào wéi chún gǔ diǎn shì de zuò pǐn gēn hǎi
阶段大约在1800年，主要为纯古典式的作品，跟海
dùn jí wǎn nián de mò zhā tè de zuò pǐn fēng gé xiāng shì yóu yú tā shì yǐ
顿及晚年的莫扎特的作品风格相似。由于他是以
gang qín yǎn zòu jiā de shēn fen wén míng ōu zhōu de suǒ yǐ tā de dà duō shù
钢琴演奏家的身份闻名欧洲的，所以他的大多数

作品是钢琴作品。在这一阶段，他完成了11首钢琴奏鸣曲、6首四重奏和降E大调七重奏，并完成了第一首钢琴协奏曲和交响曲。

1801年，贝多芬知道自己即将失去听力的消息后，便决定放弃演奏，专心作曲，并以1802年的《第二交响曲》为他作品的第二阶段揭开了序幕。他在作品中开始表现自己独特的风格，许多不朽杰作就是在这时期完成的，时间大约是1802年至1815年间。这一时期的作品逐渐脱离古典样式，较偏向表达内在感情。贝多芬扩大了奏鸣曲式，在旋律与和声方面加入新手法，并尝试以新方式组织管弦乐法。这一时期的某些作品，例如《月光奏鸣曲》，已经可以看出贝多芬有强烈的浪漫主义倾向。

45岁以后，贝多芬改用心灵作曲，作品风格步入第三阶段。他开始回顾

旧的音乐形式，并从海顿和巴赫的作品中温故知新。此时贝多芬已经进入纯音乐领域，不再顾忌乐器或演奏者的限制。他所在乎的仅是在纸上和他的心灵间完成一种协调，突破古典形式，在保留合理逻辑下任意使古典样式变化。例如《第九交响曲》中加入独唱及合唱乐声的部分《欢乐颂》，这是交响曲历史上的创举。而钢琴奏鸣曲和弦乐四重奏也达到此典式的最高境界，没有抒情意味或描写意境，纯粹是扣人心弦的灵性音乐，堪与巴洛克时期大师的杰作相提并论。

贝多芬的耳疾越来越恶化，到48岁左右他就已经完全听不到了，日常的会话均用笔写。晚年时期，他为了侄子的事情烦恼不已，又为了生活到处奔波，这时他曲子的风格与中期激烈有力的风格完全不同，代之而起的是简洁而有深度的思想。

研究贝多芬的权威罗曼·罗兰曾说："贝多芬

cóng suì zhì suì de suì yuè zhōng méi yǒu rèn hé yí ge shí qī xīn dǐ
从20岁至50岁的岁月中，没有任何一个时期心底
bú shì huái bào zhe ài de zhǐ shì bào zào de pí qi bào bìng de shēn tǐ
不是怀抱着‘爱’的，只是暴躁的脾气、抱病的身体，
jiā shàng yán gé de jiē jí shè huì fēng qì dōu shǐ zhè wèi liàn ài xiàn tiáo cū
加上严格的阶级社会风气，都使这位‘恋爱线条粗
qiě duǎn de rén de liàn ài yǒu huā wú guǒ
且短’的人的恋爱有花无果。”

bèi duō fēn yì shēng dōu zài bēi tàn à shàng dì ya méi yǒu qī shì
贝多芬一生都在悲叹：“啊！上帝呀！没有妻室，
zhè suàn shén me rén shēng
这算什么人生？”

zài qù shì de qián tiān bèi duō fēn duì lái tàn wàng tā de hú mò xiān
在去世的前6天，贝多芬对来探望他的胡默先
sheng shuō nǐ shì yí ge xìng yùn de rén nǐ yǒu yí ge shēn ài zhe nǐ de
生说：“你是一个幸运的人，你有一个深爱着你的
qī zi zài shēn biān zhào gù nǐ kě shì wǒ jiù cǎn le
妻子在身边照顾你，可是我就惨了。”

bèi duō fēn yì shēng suǒ xiàng wǎng hé zhuī qiú de ài qíng shǐ zhōng méi yǒu néng
贝多芬一生所向往和追求的爱情，始终没有能
gòu xiàng yì bān rén nà yàng huò dé yě xǔ zhèng yóu yú yīn yuè jiā de ài qíng bēi
够像一般人那样获得。也许正由于音乐家的爱情悲
jù cái shǐ tā duì zì rán hé yīn yuè qīng zhù le gèng duō de qíng gǎn
剧，才使他对自然和音乐倾注了更多的情感。

bèi duō fēn shì dì yī ge huò dé zì yóu de yì shù
贝多芬是第一个获得自由的艺术
jiā tā céng shuō yào jǐn liàng zuò ge zhèng zhí de rén
家。他曾说：“要尽量做个正直的人，
ràng zì yóu gāo yú yí qiè jí shǐ miàn duì yí wèi
让自由高于一切，即使面对一位
jūn zhǔ yě jué bù chū mài zhēn lǐ
君主，也绝不出卖真理。”

jiù shì yǒu le zhè zhǒng zì yóu bèi duō fēn de zuò pǐn cái néng tuō lí shí
就是有了这种自由，贝多芬的作品才能脱离实
yòng de qǔ shì píng jiè nèi xīn shēn chù yǒng xiàn de líng gǎn zì yóu chuàng zuò
用的曲式，凭借内心深处涌现的灵感自由创作，
shǐ měi yì shǒu zuò pǐn dōu yǒu dú tè de gè xìng yáng yì zhe hàn dòng rén xīn
使每一首作品都有独特的个性，洋溢着撼动人心
de rè yǔ lì bèi duō fēn zuò pǐn zhōng yùn cáng de lì liàng shì wú fǎ yán chuán
的热与力。贝多芬作品中蕴藏的力量是无法言传
de zhǐ yǒu bú duàn de líng tīng cái néng tǐ wù bèi duō fēn gěi wǒ men de qǐ
的，只有不断地聆听，才能体悟贝多芬给我们的启
shì xiàng mìng yùn tiǎo zhàn yǒng bù tuǒ xié
示：向命运挑战，永不妥协！

nián bèi duō fēn qù bài fǎng dì di yuē hàn shí rǎn shang fèi yán
1826年，贝多芬去拜访弟弟约翰时染上肺炎，
hòu lái yòu fā xiàn dé le gān yìng huà suī rán jìn xíng le cì shǒu shù dàn
后来又发现得了肝硬化。虽然进行了4次手术，但
dōu méi yǒu chéng gōng yīn cǐ tā de jiàn kāng zhuàng kuàng jí sù è huà
都没有成功，因此他的健康状况急速恶化。

nián yuè rì xià wǔ yí wèi huà jiā lái dào bèi duō fēn chuáng
1827年3月26日下午，一位画家来到贝多芬床
biān yòng huà bǐ hé zhǐ miáo huì le zhè wèi wěi rén miàn lín sǐ shén shí de xíng
边，用画笔和纸描绘了这位伟人面临死神时的形
xiàng yí gòng shì sān zhāng sù xiě dì yī
象。一共是三张速写：第一
zhāng shì bèi duō fēn xiāo shòu tóu fa sǎn luàn
张是贝多芬消瘦、头发散乱，
nǎo dai shēn xiàn zài zhěn tóu li dì èr zhāng shì
脑袋深陷在枕头里；第二张是
bèi duō fēn wò quán de shǒu tuō zhe liǎn jiá sì
贝多芬握拳的手托着脸颊，似
hū shì yǐ cǐ bāng zhù yuè lái yuè kùn nan de hū
乎是以此帮助越来越困难的呼

吸；第三张是他的两眼还没有完全闭上，眼睛透露出仅剩的生命力量所绽放出来的最后光芒。画像完成的当天傍晚，贝多芬就病逝了。3天后，维也纳为贝多芬举行了空前盛大的葬礼。在春天的阳光下，两万多人的送殡队伍在街上缓缓地前进。凡是住在维也纳的著名音乐家都在送殡队伍中。因为沿途有

和贝多芬相关的几件事

在一次由德国电视台主办的“100位最伟大的德国人评选”中，德国观众通过手机短信、电话、互联网和邮寄等形式投票，贝多芬排名第12，在音乐家中只有巴赫排在他前面（第6）。有人认为，贝多芬改变了作曲家的地位。从前，作曲家只是一种接受委托然后进行创作的职业。而贝多芬则是以一位艺术家的身份出现，借音乐表达自己的情感与思想，并且通过演出和出版，使自己的生活独立，不需仰人鼻息。他在这方面的开拓作用，可与拜伦在诗歌方面和威廉·透纳在绘画方面相比。

1932年1月27日，一颗位于火星和木星轨道之间的小行星由德国天文学家卡尔·威廉·威尔穆特发现。这颗小行星被命名为贝多芬，以表示对这位德国作曲家的纪念。

进入数字时代后，当索尼公司的研究人员制作出第一张CD唱片时，他们认为，一张CD唱片的时间必须能够容纳贝多芬的《第九交响曲》，因此，一张CD唱片的时间被定为74分钟。

xǔ duō rén zhān yǎng bèi duō fēn de yí róng yǐ zhì wéi yě nà de jiāo tōng yě
许多人瞻仰贝多芬的遗容，以至维也纳的交通也
zǔ sè le yí ge xiǎo fàn duì wài dì rén shuō xiàng jīn tiān zhè yàng de chǎng
阻塞了。一个小贩对外地人说：“像今天这样的场
miàn zài wéi yě nà yě shì tóu yì zāo xiǎng bì shì yuè shī lǐ tou yǒu ge shén
面，在维也纳也是头一遭，想必是乐师里头有个什
me jiāng jūn sǐ le ba
么将军死了吧？”

zhēn tiē qiè yuè shī li de jiāng jūn hái yǒu shén me cí huì bǐ zhè
真贴切，“乐师里的将军”，还有什么词汇比这
ge gèng qià dàng ne
个更恰当呢！

名人小故事

1815年11月15日，贝多芬的弟弟卡斯帕去世，贝多芬开始与弟媳约翰娜进行旷日持久的诉讼，为的是争夺侄子卡尔的监护权。到1820年，贝多芬胜诉。但这对叔侄的关系并不理想。一方面，一直单身的贝多芬在维也纳曾迁居63次，连自己的生活都不稳定，而且最后也被证明不是一个及格的导师。另一方面，贝多芬对侄子要求过高、过严，超过卡尔所能承受的限度。卡尔纵使有天分，但是也有两个大缺点：懒惰和不诚实。即使当时自杀被视为罪行，卡尔在1826年竟也不惜一试，幸好他自杀并没有成功。事后，卡尔背离叔叔贝多芬去从军。但是，这一切已经对贝多芬造成很大的打击。

歌曲之王 舒伯特

(1797年—1828年)

nián yǒu gē qǔ zhī wáng zhī chēng de shū bó tè chū shēng zài
1797年，有“歌曲之王”之称的舒伯特出生在
ào dì lì wéi yě nà jìn jiāo de yí ge pǔ tōng jiā tíng tā de fù qīn shì yí
奥地利维也纳近郊的一个普通家庭。他的父亲是一
wèi xiǎo xué jiào shī yì jiā rén dōu fēi cháng xǐ huan yīn yuè fù qīn jí liǎng
位小学教师，一家人都非常喜欢音乐。父亲及两
wèi gē ge dōu huì yǎn zòu xiǎo tí qín fēng qín hé gāng qín suǒ yǐ shū bó tè
位哥哥都会演奏小提琴、风琴和钢琴，所以舒伯特
cóng xiǎo jiù jiē shòu fù xiōng de yīn yuè xūn táo bìng zhǎng wò le jī běn de zuò
从小就接受父兄的音乐熏陶，并掌握了基本的作
qǔ fāng fǎ hé hé chàng yì shù
曲方法和合唱艺术。

suì shí shū bó tè de yuè qì yǎn zòu néng lì yǐ jīng yuǎn yuǎn de chāo
9岁时，舒伯特的乐器演奏能力已经远远地超
guò fù xiōng suǒ yǐ tā de fù qīn biàn qǐng jiào táng hé chàng zhǐ huī jiā huò ěr
过父兄，所以他的父亲便请教堂合唱指挥家霍尔
cǎi lái zhǐ dǎo shū bó tè
采来指导舒伯特。

suì shí shū bó tè jìn rù huáng jiā xué yuàn gōng dú yīn yuè tā bān
11岁时，舒伯特进入皇家学院攻读音乐，他搬

进神学院宿舍，并加入维也纳宫廷礼拜堂合唱团（今维也纳少年合唱团）高音部，直到16岁，因变声不能再演唱童声高音才离开。这期间，舒伯特开始尝试作曲，只要灵感一来，乐思就源源不断，甚至上一般课程时也不停地写曲，所以舒伯特很快就患了严重的近视。

这是一所免费的学校，能提供的条件有限，两顿饭之间相隔8小时，没有点心，也没有水果，这对一个正在发育期的孩子来说是非常不好的，这可能是舒伯特长大后个子矮小的原因之一吧。

因为舒伯特太喜欢作曲而忽视了其他课业，结果其他科成绩都不及格。舒伯特的父亲知道后非常生气，把他叫回家大骂了一顿。

舒伯特对父亲说：“对不起，我就是喜欢作曲，我实在无法控制这种欲望。”

他拿出新创作的曲子给父亲看，父亲看了，非

cháng jīng yà zhè jiǎn zhí shì tiān cái de zuò pǐn yě jiù méi yǒu zài shuō shén
常惊讶，这简直是天才的作品，也就没有再说什

me le
么了。

jǐn guǎn shū bó tè yīn chén mí zuò qǔ ér huāng fèi le xué yè dàn shì
尽管舒伯特因沉迷作曲而荒废了学业，但是

tā de yīn yuè tiān fèn réng rán xiàng yì kē shǎn liàng de chén xīng zhú jiàn shòu dào
他的音乐天分仍然像一颗闪亮的晨星逐渐受到

xué xiào de zhòng shì tā suǒ xiě de qǔ zi dé dào xiào zhǎng sà lǐ yē lì de
学校的重视。他所写的曲子得到校长萨里耶利的

xīn shǎng xiào zhǎng tè bié jiāo dài ràng hé shēng lǎo shī lú xí kǎ jiào dǎo shū
欣赏，校长特别交代让和声老师卢席卡教导舒

bó tè
伯特。

kě shì lú xí kǎ gēn běn jiāo bu liǎo shū bó tè yīn wei yào jiāo de nèi
可是卢席卡根本教不了舒伯特，因为要教的内

róng tā zǎo jiù huì le suǒ yǐ shàng kè de nèi róng biàn chéng le liáo tiān huò
容他早就会了。所以上课的内容变成了聊天，或

zhě jīng cháng shì lú xí kǎ mù dèng kǒu dāi de kàn zhe shū bó tè chī jīng de
者经常是卢席卡目瞪口呆地看着舒伯特，吃惊得

shuō bu chū huà lai yīn cǐ lú xí kǎ xiàng sà lǐ yē lì bào gào sì hū shì
说不出话来。因此卢席卡向萨里耶利报告："似乎是

shàng dì zì jǐ zài jiāo shū bó tè zhè hái zi bù děng wǒ jiāo jiù yàng yàng dōu
上帝自己在教舒伯特，这孩子不等我教就样样都

dǒng le
懂了。"

zuì hòu jìng rán shì yóu xiào zhǎng sà lǐ yē lì qīn zì lái zhǐ dǎo shū bó
最后，竟然是由校长萨里耶利亲自来指导舒伯

tè zuò qǔ
特作曲。

nián shū bó tè lí kāi huáng jiā xué yuàn tā yuán běn dǎ suan kào
1813年，舒伯特离开皇家学院，他原本打算靠

zuò qǔ lái wéi chí shēng jì dàn shì jǐ jīng kǎo lǜ hòu dǎ xiāo le zhè ge niàn
作曲来维持生计，但是几经考虑后，打消了这个念
tou yuán yīn shì yí ge nián jǐn shí jǐ suì mò mò wú wén de nián qīng rén xiǎng
头，原因是一个年仅十几岁、默默无闻的年轻人想
kào zuò qǔ wéi shēng shì bú tài kě néng de shì hòu lái shū bó tè kǎo lǜ dào
靠作曲为生是不太可能的事。后来，舒伯特考虑到
shēng jì de wèn tí bìng qiě xiǎng táo bì bīng yì xuǎn zé le qù fù qīn de
生计的问题，并且想逃避兵役，选择了去父亲的
xué xiào dāng lǎo shī tā bái tiān jiāo shū wǎn shang bù tíng de xiě qǔ zhōu mò
学校当老师。他白天教书，晚上不停地写曲，周末
réng rán qù sà lǐ yē lì lǎo shī jiā li xué xí
仍然去萨里耶利老师家里学习。

nián shū bó tè wèi lǐ dēng dé dà
1814年，舒伯特为里登得大
jiào táng zhōu nián jì niàn rì xiě le tā shēng
教堂100周年纪念日写了他生
píng dì yī shǒu wán zhěng de mí sa qǔ bìng qiě
平第一首完整的弥撒曲，并且
qīn zì zhǐ dǎo shǒu yǎn yǎn chū fēi cháng chéng
亲自指导首演。演出非常成
gōng lián shū bó tè de lǎo shī sà lǐ yē lì yě
功，连舒伯特的老师萨里耶利也
duì tā chēng zàn bù yǐ yì zhí xiàng qí tā de yīn yuè jiā xuàn yào zhè shì tā
对他称赞不已，一直向其他的音乐家炫耀这是他
xué sheng suǒ xiě de qǔ zi shū bó tè de zhī míng dù jiàn jiàn de dǎ kāi le
学生所写的曲子。舒伯特的知名度渐渐地打开了。

nián shì shū bó tè chuàng zuò zuì fēng fù de yì nián guāng shì yì
1815年是舒伯特创作最丰富的一年，光是艺
shù gē qǔ jiù xiě le duō shǒu qí zhōng bāo kuò bù xiǔ de míng qǔ rú
术歌曲就写了140多首，其中包括不朽的名曲，如：
mó wáng yě méi gui děng shū bó tè yě zài zhè yì nián wán chéng le
《魔王》、《野玫瑰》等。舒伯特也在这一年完成了

tā de dì sān sì shǒu jiāo xiǎng qǔ liǎng shǒu mí sa qǔ yǐ jí qí tā gè
他的第三、四首交响曲、两首弥撒曲以及其他各
shì qì yuè qǔ
式器乐曲。

mó wáng shì dà shī rén gē dé de shī zuò dāng shū bó tè xīng fèn
《魔王》是大诗人歌德的诗作，当舒伯特兴奋
de lái huí duó bù dú zhe tā shí tū rán jiān zuò le xià lái yǐ chāo hū yì
地来回踱步读着它时，突然间坐了下来，以超乎一
bān yīn yuè jiā de sù dù pǔ xiě hěn kuài yì shǒu jīng cǎi de xù shì qǔ jiù
般音乐家的速度谱写，很快，一首精彩的叙事曲就
yuè rán zhǐ shàng yǒu rén xíng róng zhè shǒu xù shì qǔ tā shì hé děng yōu měi
跃然纸上。有人形容这首叙事曲：“它是何等优美，
yòu shì yǐ hé děng yú yuè de xíng shì xiāo shì
又是以何等愉悦的形式消逝。”

zhè yì shǒu wú yǔ lún bǐ de mó wáng shǐ shū bó tè de míng zi kě
这一首无与伦比的《魔王》使舒伯特的名字可
yǐ háo wú kuì sè de zǎi rù yīn yuè shǐ cè shū bó tè bǎ pǔ qǔ jì gěi gē
以毫无愧色地载入音乐史册。舒伯特把谱曲寄给歌
dé bìng kěn qiú gē dé yǔn xǔ chéng wéi gē qǔ mó wáng de tí xiàn duì xiàng
德，并恳求歌德允许成为歌曲《魔王》的题献对象。
kě shì bù zhī dào shén me yuán yīn shū bó tè shǐ zhōng méi yǒu dé dào gē dé
可是不知道什么原因，舒伯特始终没有得到歌德
de huí yīn
的回音。

nián shū bó tè qù shì hòu dāng duō suì
1830年，舒伯特去世后，当80多岁
gāo líng de gē dé dì yī cì líng tīng nǚ gē chàng jiā yǎn
高龄的歌德第一次聆听女歌唱家演
chàng nà shǒu mó wáng shí jī hū wán quán bú rèn shi
唱那首《魔王》时，几乎完全不认识
zì jǐ de shī zuò le gē dé qǐ chū shì bù mǎn yǔ zhèn
自己的诗作了。歌德起初是不满与震

jīng bú guò tā yuè tīng yuè gǎn dòng jiàn jiàn de bèi měi miào de yīn yuè zhé
惊，不过，他越听越感动，渐渐地被美妙的音乐折
fú yì qǔ zhōng liǎo yǐ hòu tā qīn wěn zhe nǚ gē chàng jiā de é tóu gǎn
服。一曲终了以后，他亲吻着女歌唱家的额头，感
xiè tā lìng rén xīn zuì de quán shì yóu cǐ tā yě jiàn shi le shū bó tè de
谢她令人心醉的诠释，由此，他也见识了舒伯特的
cái huá bìng duì shū bó tè de zǎo shì gǎn dào wǎn xī
才华，并对舒伯特的早逝感到惋惜。

zài shū bó tè suǒ xiě de yì shù gē qǔ zhōng chú le yǐ gē dé hé xí
在舒伯特所写的艺术歌曲中，除了以歌德和席
lè děng zhù míng shī rén de shī zuò wéi gē cí wài yě cǎi yòng yì xiē bù wéi
勒等著名诗人的诗作为歌词外，也采用一些不为
rén zhī de shī rén de zuò pǐn lái pǔ qǔ shǐ nà xiē yuán lái yǐ jīng bèi rén yí
人知的诗人的作品来谱曲，使那些原来已经被人遗
wàng de shī rén yīn shū bó tè de yì shù gē qǔ ér liú chuán yú shì
忘的诗人因舒伯特的艺术歌曲而流传于世。

nián shū bó tè cí qù jiào zhí hǎo yǒu wèi tā tí gōng le yì jiān
1818年，舒伯特辞去教职，好友为他提供了一间
fáng zi ràng tā néng gòu ān xīn de zuò qǔ shū bó tè wán chéng de zuò pǐn
房子，让他能够安心地作曲。舒伯特完成的作品
fēi cháng duō dàn zài dāng shí què méi yǒu shòu dào yīn yuè jiè de zhòng shì yǔ
非常多，但在当时却没有受到音乐界的重视与
huān yíng shū bó tè yǔ tā rì cháng de yì xiē hǎo yǒu
欢迎。舒伯特与他日常的一些好友
shí cháng jù zài kā fēi guǎn li gāo tán kuò lùn tā men
时常聚在咖啡馆里高谈阔论，他们
zì chēng zhè ge yīn zhì tóng dào hé ér xíng chéng de xiǎo
自称这个因志同道合而形成的小
tuán tǐ shì shū bó tè dǎng
团体是“舒伯特党”。

jiā jìng pín hán yòu qí mào bù yáng de shū bó
家境贫寒又其貌不扬的舒伯

tè yì shēng dōu méi yǒu huò dé ài qíng de zī rùn dàn shì tā shàn liáng de
特，一生都没有获得爱情的滋润，但是他善良的

běn xìng shǐ tā dé dào xǔ duō zhēn guì de yǒu yì yóu qí shì shū bó tè
本性，使他得到许多珍贵的友谊，尤其是“舒伯特

dǎng xiàng jiā yí yàng gěi tā wēn nuǎn hé wèi jiè
党”，像家一样给他温暖和慰藉。

yǒu yì tiān shū bó tè dǎng de chéng yuán dé zhī pà gé ní ní yì
有一天，“舒伯特党”的成员得知帕格尼尼（意

dà lì zuò qǔ jiā xiǎo tí qín jiā lái wéi yě nà yǎn zòu de xiāo xi dà jiā
大利作曲家、小提琴家）来维也纳演奏的消息，大家

dōu xiǎng qù líng tīng xīn shǎng tā men zhēng xiāng tǎo lùn zhe tū rán yǒu rén
都想去聆听欣赏，他们争相讨论着。突然有人

cháng tàn yì shēng ài wǒ men dōu shì qióng guāng dàn nǎ yǒu duō yú de qián
长叹一声：“唉！我们都是穷光蛋，哪有多余的钱

mǎi piào ne
买票呢？”

yí xiàng bù xǐ huan shuō huà de shū bó tè què yǔ chū jīng rén de shuō
一向不喜欢说话的舒伯特却语出惊人地说：

gè wèi bú yào tàn qì wǒ lái xiǎng bàn fǎ
“各位不要叹气，我来想办法。”

shuō wán shū bó tè xiàng yí zhèn fēng shì de zǒu le dà jiā yì liǎn jīng
说完，舒伯特像一阵风似的走了。大家一脸惊

è xīn xiǎng hēi tā néng gòu biàn chū shén me bǎ xì lái ne
愕，心想：“嘿！他能够变出什么把戏来呢？”

dào le bàng wǎn shū bó tè hái shi chí chí méi yǒu chū xiàn
到了傍晚，舒伯特还是迟迟没有出现，

dà jiā kàn zhe mén wài tài yáng zhú jiàn xī xié qī dài de xīn qíng zhú
大家看着门外太阳逐渐西斜，期待的心情逐

jiàn zhuǎn wéi shī wàng zhè shí hou shū bó tè tū rán tuī mén ér
渐转为失望。这时候，舒伯特突然推门而

rù shǒu shang gāo jǔ zhe yì dié rù chǎng quàn gāo xìng de shuō
入，手上高举着一叠入场券，高兴地说：

bú yào qiǎng měi ge rén dōu yǒu yì zhāng
“不要抢，每个人都有一张。”

dāng shí dà jiā tài xīng fèn le cōng cōng chī guo wǎn cān jiù qù xīn shǎng
当时大家太兴奋了，匆匆吃过晚餐就去欣赏

pà gé ní ní de yǎn zòu yě méi yǒu wèn shū bó tè mǎi piào de qián shì cóng nǎ
帕格尼尼的演奏，也没有问舒伯特买票的钱是从哪

lǐ lái de ér shū bó tè shén me yě méi yǒu shuō shì hòu dà jiā xiǎng qǐ
里来的，而舒伯特什么也没有说。事后，大家想起

zhè jiàn shì cái wèn shū bó tè shū bó tè huí dá wǒ shì qù gǎn xiě xīn
这件事，才问舒伯特。舒伯特回答：“我是去赶写新

gē qǔ yòng gǎo chóu huàn lái le nà xiē rù chǎng quàn
歌曲，用稿酬换来了那些入场券。”

yóu cǐ kě yǐ zhī dào shū bó tè shì duō me yǒu yīn yuè tiān fù néng gòu
由此可以知道，舒伯特是多么有音乐天赋，能够

zài hěn duǎn de shí jiān nèi wán chéng yì shǒu yǒu jià zhí de gē qǔ
在很短的时间内完成一首“有价值”的歌曲。

nà me shū bó tè yì shǒu gē qǔ de jià zhí shì duō shǎo ne wǒ men
那么，舒伯特一首歌曲的价值是多少呢？我们

wú cóng zhī dào zhǐ zhī dào tā céng huàn le hǎo jǐ zhāng dà shī yǎn zòu de rù
无从知道，只知道它曾换了好几张大师演奏的入

chǎng quàn ér tā zhù míng de yáo lán qǔ què
场券；而他著名的《摇篮曲》，却

zhǐ huàn le yí fèn wǎn cān
只换了一份晚餐。

guān yú shū bó tè chuàng zuò yáo lán qǔ
关于舒伯特创作《摇篮曲》，

yǒu yí duàn lìng rén gǎn dào xīn suān de gù shi yǒu
有一段令人感到心酸的故事：有

yì tiān wǎn shang shū bó tè màn wú mù dì de zài
一天晚上，舒伯特漫无目的地在

wéi yě nà jiē tóu zǒu zhe tā náng kōng rú xǐ
维也纳街头走着，他囊空如洗，

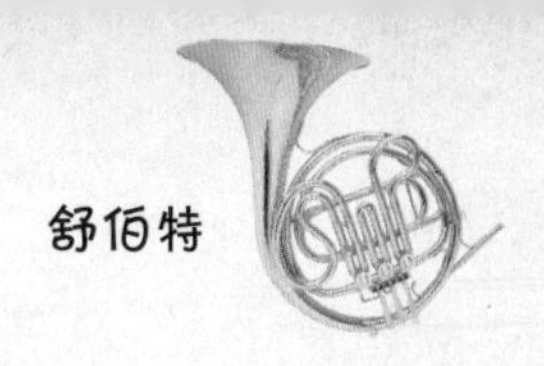

què yòu jī cháng lù lù xīn qíng diē dào gǔ dǐ bù zhī bù jué zhōng tā zǒu
却又饥肠辘辘，心情跌到谷底。不知不觉中，他走
jìn yì jiā píng shí cháng chū rù de cān tīng
进一家平时常出入的餐厅。

tā zài yì zhāng zhuō zi páng zuò xia zhè shí hou tā duō me xī wàng
他在一张桌子旁坐下，这时候，他多么希望
néng yù dào yì zhāng shú xī de miàn kǒng jiè jǐ ge qián huò zhě qǐng tā chī yí
能遇到一张熟悉的面孔，借几个钱或者请他吃一
dùn fàn dàn shì rén lái rén wǎng dōu shì mò shēng de miàn kǒng tā shī wàng
顿饭，但是人来人往，都是陌生的面孔。他失望
le màn bù jīng xīn de kàn zhe yì zhāng bào zhǐ hū rán bào zhǐ shang de yì
了，漫不经心地看着一张报纸。忽然，报纸上的一
shǒu shī xī yǐn le tā de mù guāng shuì ba shuì ba wǒ qīn ài de bǎo bèi
首诗吸引了他的目光：“睡吧！睡吧！我亲爱的宝贝，
mā ma de shuāng shǒu qīng yáo zhe nǐ
妈妈的双手轻摇着你……”

tā de sī xù mǎ shàng fēi huí tóng nián shí dài měi dāng yè wǎn cí
他的思绪马上飞回童年时代，每当夜晚，慈
xiáng de mǔ qīn zǒng shì qīng pāi zhe tā zuǐ li hēng zhe róu měi de gē qǔ bàn
祥的母亲总是轻拍着他，嘴里哼着柔美的歌曲，伴
suí zhe tā jìn rù mèng xiāng xiǎng zhe xiǎng zhe tā bù jīn bēi cóng zhōng
随着他进入梦乡。想着，想着，他不禁悲从中
lái rè lèi yíng kuàng xiàn zài de bēi cǎn zāo yù shǐ tā gèng jiā huái niàn tóng
来，热泪盈眶。现在的悲惨遭遇，使他更加怀念童
nián shí dài wēn nuǎn de yáo lán
年时代温暖的摇篮。

zhè yàng fù zá de qíng xù shǐ tā nǎo hǎi zhōng jiàn jiàn de huàn huà chū
这样复杂的情绪，使他脑海中渐渐地幻化出
yì shǒu wēn xīn tián mì de xuán lǜ yú shì tā tāo chū suí shēn xié dài de bǐ
一首温馨、甜蜜的旋律。于是他掏出随身携带的笔
hé zhǐ xùn sù de pǔ xiě qi lai bù yí huì er yì shǒu qiān gǔ chuán chàng
和纸，迅速地谱写起来。不一会儿，一首千古传唱

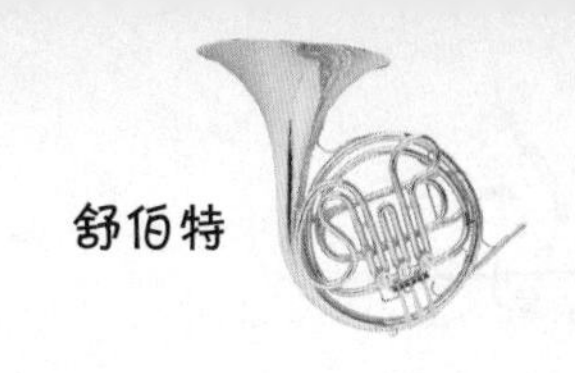

de yáo lán qǔ jiù zhè yàng dàn shēng le
的《摇篮曲》就这样诞生了。

shū bó tè jiù yòng zhè shǒu yáo lán qǔ hé cān tīng lǎo bǎn jiāo huàn le yí fèn wǎn cān shū bó tè shì hòu duō nián zài yí cì bā lí de pāi mài huì zhōng zhè shǒu yáo lán qǔ yǐ wàn fǎ láng de gāo jià mài chū
舒伯特就用这首《摇篮曲》和餐厅老板交换了一份晚餐。舒伯特逝后多年，在一次巴黎的拍卖会中，这首《摇篮曲》以4万法郎的高价卖出。

yǒu yì tiān yí ge péng you zhǎo dào shū bó tè zhè ge péng you wèi xīn ài de gū niang xiě le yì shǒu zhù hè shēng rì de duǎn shī xī wàng shū bó tè néng bāng máng pǔ xiě qǔ zi shū bó tè duì zhè wèi gū niang wán quán bù liǎo jiě yīn cǐ méi yǒu chuàng zuò de jī qíng yú shì tā suí biàn pǔ xiě le yì xiē yīn fú jiù jiāo gěi péng you bào qiàn de shuō duì bu qǐ wǒ méi yǒu shí jiān xiě gèng yán sù de qǔ zi
有一天，一个朋友找到舒伯特，这个朋友为心爱的姑娘写了一首祝贺生日的短诗，希望舒伯特能帮忙谱写曲子。舒伯特对这位姑娘完全不了解，因此没有创作的激情。于是他随便谱写了一些音符就交给朋友，抱歉地说：“对不起，我没有时间写更严肃的曲子。”

tā de péng you bǎ zhè shǒu yuè qǔ dài huí jiā zài gāng qín shang shì tán yí xià hěn xǐ huan yú shì tā zuò le ān pái qǐng shū bó tè qīn zì wèi yīn yuè ài hào zhě tán zòu
他的朋友把这首乐曲带回家，在钢琴上试弹一下，很喜欢。于是他作了安排，请舒伯特亲自为音乐爱好者弹奏。

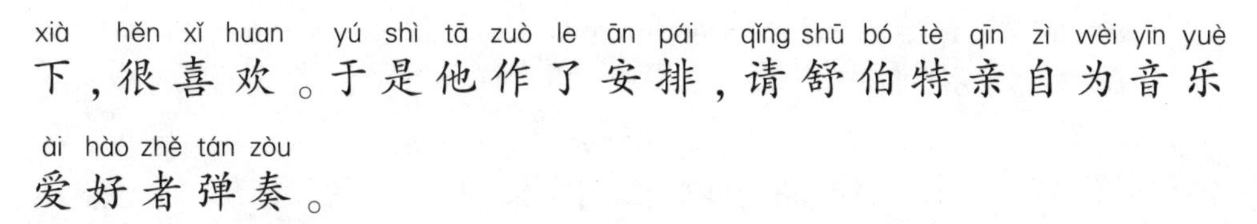

dào le yuē dìng shí jiān suǒ yǒu bèi yāo yuē de rén dōu lái le wéi dú bú jiàn shū bó tè de zōng yǐng yǎn kàn dà jiā děng de bú nài fán zhǔ rén jiù qǐng
到了约定时间，所有被邀约的人都来了，唯独不见舒伯特的踪影。眼看大家等得不耐烦，主人就请

hǎo jǐ ge péng you qù zhǎo shū bó tè guǒ rán zài yì jiā shū bó tè cháng qù
好几个朋友去找舒伯特。果然在一家舒伯特常去

de kā fēi guǎn li zhǎo dào le zhèng mái tóu pǔ xiě qǔ zi de shū bó tè
的咖啡馆里找到了正埋头谱写曲子的舒伯特。

tā men bù yóu fēn shuō bǎ shū bó tè jià dào péng you jiā de kè tīng
他们不由分说，把舒伯特架到朋友家的客厅，

shū bó tè cái huǎng rán dà wù de shuō bào qiàn wǒ yì
舒伯特才恍然大悟地说：“抱歉，我一

pǔ xiě qǔ zi jiù wàng le shí jiān
谱写曲子就忘了时间。”

rán hòu shū bó tè zuò zài gāng qín páng tán zòu nà
然后，舒伯特坐在钢琴旁弹奏那

shǒu cōng máng zhōng xiě chū de qǔ zi tán zòu wán hòu dà
首匆忙中写出的曲子。弹奏完后，大

jiā dōu zhàn qi lai rè liè gǔ zhǎng shū bó tè bù jīn rè
家都站起来热烈鼓掌，舒伯特不禁热

lèi yíng kuàng de shuō méi xiǎng dào zhè shǒu qǔ zi jìng rán zhè me měi
泪盈眶地说：“没想到这首曲子竟然这么美。”

zhè shǒu qǔ zi jiù shì shū bó tè zhù míng de xiǎo yè qǔ cóng zhè jiàn
这首曲子就是舒伯特著名的《小夜曲》。从这件

shì jiù kě yǐ zhī dào shū bó tè de yīn yuè tiān fù shì duō me gāo jí shǐ zhǐ
事就可以知道舒伯特的音乐天赋是多么高，即使只

shì xìn shǒu niān lái de yuè qǔ yě ràng rén wéi zhī zàn tàn
是信手拈来的乐曲，也让人为之赞叹。

zài shū bó tè duǎn zàn de shēng mìng lǚ chéng zhōng jìng rán wán chéng le
在舒伯特短暂的生命旅程中，竟然完成了

duō bù shǒu zuò pǐn yǐ zhì yú rén men hěn yí huò tā jiū jìng shì
1500多部（首）作品，以至于人们很疑惑他究竟是

shén me shí hou shuì jiào zhèng yīn wei zuò pǐn shí zài tài duō tā cháng cháng
什么时候睡觉！正因为作品实在太多，他常常

wàng le nǎ shǒu qǔ zi shì zì jǐ xiě de
忘了哪首曲子是自己写的。

yǒu yí cì tā xiě le yì shǒu gē qǔ sòng gěi yí wèi hǎo péng you guò
有一次，他写了一首歌曲送给一位好朋友。过
le yí duàn shí jiān tā zài cì bài fǎng nà wèi péng you shí péng you wèi tā
了一段时间，他再次拜访那位朋友时，朋友为他
chàng le nà shǒu gē shū bó tè tīng wán jìng rán bú jì de shì zì jǐ de zuò
唱了那首歌。舒伯特听完，竟然不记得是自己的作
pǐn hái dà jiā zàn shǎng de wèn zhè shǒu gē qǔ tài
品，还大加赞赏地问：“这首歌曲太
měi miào le shì shéi zuò de a
美妙了，是谁作的啊？”

péng you tīng le mǎn liǎn yí huò de shuō nán dào
朋友听了，满脸疑惑地说：“难道
zhè shǒu qǔ zi bú shì nǐ xiě de ma
这首曲子不是你写的吗？”

shū bó tè xiǎng le xiǎng cái rú mèng chū xǐng bān
舒伯特想了想，才如梦初醒般
de hā hā dà xiào qi lai
地哈哈大笑起来。

nián gé lā zī shì yīn yuè xié huì bān zèng shū bó tè róng yù huì
1823年，格拉兹市音乐协会颁赠舒伯特荣誉会
yuán de tóu xián jǐn guǎn zhǐ shì róng yù huì yuán ér méi yǒu rèn hé bào chou
员的头衔，尽管只是荣誉会员而没有任何报酬，
shū bó tè réng xīn rán jiē shòu yīn wei tā jí xū shè huì duì tā de rèn kě
舒伯特仍欣然接受，因为他急需社会对他的认可。
wèi le huí bào shū bó tè jiāng tā suǒ xiě de dì bā jiāo xiǎng qǔ sòng gěi
为了回报，舒伯特将他所写的《第八交响曲》送给
xié huì zhè shǒu zuò pǐn zhǐ wán chéng liǎng ge yuè zhāng dì sān yuè zhāng jǐn
协会。这首作品只完成两个乐章，第三乐章仅
xiě le jǐ ge xiǎo jié jiù méi yǒu jì xù xia qu wèi shén me shū bó tè bù bǎ
写了几个小节就没有继续下去。为什么舒伯特不把
tā wán chéng ne zhè chéng wéi yīn yuè shǐ shang yǒng yuǎn jiě bu kāi de mí
它完成呢？这成为音乐史上永远解不开的谜，

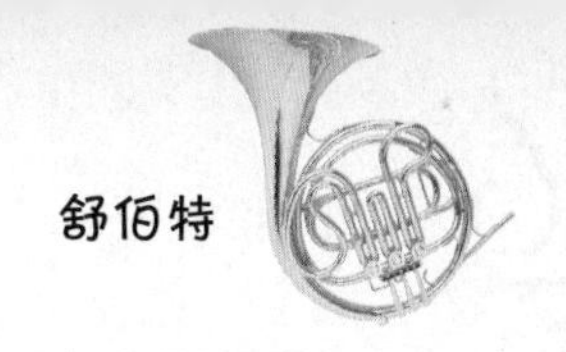

这首曲子便是著名的《未完成交响曲》。

在舒伯特逝世100多年后，有很多人想把这首《未完成交响曲》续写完成，可是续写的都无法达到舒伯特的水准，反而被认为是画蛇添足，后人终于明白：这部作品其实已经完成，是一部完美无缺的作品。

在舒伯特最后几年的生命中，虽然作品数量不像1815年那么多，不过却写下不少传世不朽的曲子，其中包括《第九交响曲》、《死神与少女四重奏》、《*f*小调幻想曲》、《美丽的磨坊女》、《冬之旅》等杰作。

1828年3月26日是舒伯特最得意的一天，因为维也纳音乐协会举办了一场音乐会，全场都演奏舒伯特的作品，这场音乐会也是舒伯特生平唯一的一场作品发表音乐会。

舒伯特非常崇拜贝多芬，1827年，他带着自己

de zuò pǐn zhōng yú jiàn dào le bèi duō fēn dàn shì dāng shí bèi duō fēn yǐ jīng
的作品，终于见到了贝多芬，但是当时贝多芬已经
bìng de hěn zhòng xiàn rù chén shuì zhōng shū bó tè gōng jìng de zài bèi duō fēn
病得很重，陷入沉睡中，舒伯特恭敬地在贝多芬
chuáng qián mò zhàn hǎo jǐ ge xiǎo shí liú xia zuò pǐn hòu cái lí qù
床前默站好几个小时，留下作品后才离去。

bèi duō fēn xǐng lái hòu yǒu rén bǎ shū bó tè de zuò pǐn ná gěi bèi duō
贝多芬醒来后，友人把舒伯特的作品拿给贝多
fēn bèi duō fēn zhǐ kàn le yí yè jiù fā chū gǎn tàn de shēng yīn shū bó
芬。贝多芬只看了一页，就发出感叹的声音：“舒伯
tè zhēn shì tiān cái tā de zuò pǐn yǒu wǒ de líng hún tā hěn kuài jiù huì chéng
特真是天才，他的作品有我的灵魂，他很快就会成
wéi wéi yě nà de jiāo ào
为维也纳的骄傲。”

tiān hòu bèi duō fēn sā shǒu rén huán shū bó tè dāng rán yě cān jiā
14天后，贝多芬撒手人寰，舒伯特当然也参加
le bèi duō fēn de zàng lǐ
了贝多芬的葬礼。

zàng lǐ jié shù hòu shū bó tè hé jǐ ge péng you lái dào yì jiā jiǔ
葬礼结束后，舒伯特和几个朋友来到一家酒
guǎn tā jǔ qǐ jiǔ bēi shuō wèi wǒ men gang gāng mái zàng de rén gān bēi
馆，他举起酒杯，说：“为我们刚刚埋葬的人干杯。”

rán hòu yòu dào mǎn yì bēi jiǔ shuō wèi xià yí ge jìn rù fén mù de
然后，又倒满一杯酒，说：“为下一个进入坟墓的
rén gān bēi
人干杯。”

méi xiǎng dào bèi duō fēn shì shì hòu de gé nián shū bó tè jìng rán yě yí
没想到贝多芬逝世后的隔年，舒伯特竟然也一
bìng bù qǐ zài gāi nián de yuè rì zhuī suí bèi duō fēn ér qù
病不起，在该年的11月19日，追随贝多芬而去。

shū bó tè de qù shì bào zhǐ bìng méi yǒu bào dǎo zài dāng shí tā de
舒伯特的去世，报纸并没有报导，在当时，他的

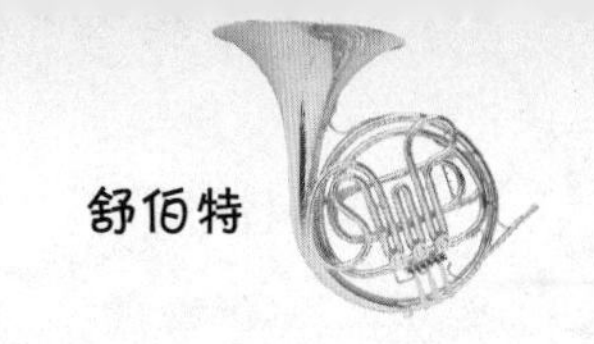

sǐ yǔ shēng tóng yàng bú shòu zhòng shì tā bèi chēng wéi xiǎo bèi duō fēn shì
死与生同样不受重视。他被称为“小贝多芬”是
zài tā qù shì hòu duō nián de shì
在他去世后多年的事。

nián yě jiù shì shū bó tè qù shì nián hòu wèi wán chéng jiāo
1865年，也就是舒伯特去世37年后，《未完成交
xiǎng qǔ cái shǒu cì yǎn chū zhè shì dāng nián yīn yuè jiè de dà shì
响曲》才首次演出，这是当年音乐界的大事。

shū bó tè lín zhōng qián xī wàng néng yǔ bèi duō fēn zàng zài tóng yí chù
舒伯特临终前希望能与贝多芬葬在同一处
mù yuán tā rú yuàn le tā de bēi wén shang xiě zhe sǐ wáng zài cǐ yǎn
墓园，他如愿了。他的碑文上写着：“死亡在此掩
mái le fēng pèi de cái néng yǔ yí ge gèng měi hǎo de xī wàng
埋了丰沛的才能与一个更美好的希望。”

爱国音乐家
肖 邦

（1810年—1849年）

xiāo bāng zài nián chū shēng zài bō lán shǒu dū huá shā jiāo wài de xiǎo
肖邦在1810年出生在波兰首都华沙郊外的小

zhèn fù qīn shì fǎ guó rén jiāo guì zú xué xí fǎ wén mǔ qīn shì bō lán de
镇，父亲是法国人，教贵族学习法文。母亲是波兰的

guì zú suǒ yǐ xiāo bāng cóng xiǎo jiù jiē shòu le liáng hǎo de jiào yù
贵族，所以肖邦从小就接受了良好的教育。

xiāo bāng cóng xiǎo jiù xǐ huan gāng qín shāo wēi dǒng shì hòu cháng sān
肖邦从小就喜欢钢琴，稍微懂事后，常三

gēng bàn yè dú zì pá qi lai tán gāng qín suī rán tán de yīn diào bù zhǔn dàn
更半夜独自爬起来弹钢琴。虽然弹得音调不准，但

shì tā fēi cháng rèn zhēn de mó fǎng fù mǔ qīn píng cháng tán gāng qín de jià
是，他非常认真地模仿父母亲平常弹钢琴的架

shì ràng zài hòu miàn tōu kàn de fù mǔ fēi cháng gǎn dòng
势，让在后面偷看的父母非常感动。

mǔ qīn zǒu shang qián bǎ tā bào rù huái zhōng lián xī de shuō hái zi
母亲走上前，把他抱入怀中，怜惜地说：“孩子，

nǐ xiàn zài xué gāng qín hái tài zǎo míng nián wǒ jiù jiāo nǐ hǎo bu hǎo
你现在学钢琴还太早，明年我就教你，好不好？”

xiāo bāng jīng yà de shuō zhēn de ma zhēn shì tài hǎo le wǒ zuì xǐ
肖邦惊讶地说：“真的吗？真是太好了，我最喜

huan tán gāng qín le
欢弹钢琴了。”

tā de mǔ qīn guǒ rán méi yǒu shí yán zài tā suì shí jiù kāi shǐ jiāo
他的母亲果然没有食言，在他4岁时，就开始教
tā tán qín xiāo bāng de yīn yuè tiān fù hěn gāo yì diǎn jiù tōng jìn bù shén
他弹琴。肖邦的音乐天赋很高，一点就通，进步神
sù suì shí tā de fù mǔ yǐ jīng méi yǒu bàn fǎ zài jiāo tā shén me le
速。6岁时，他的父母已经没有办法再教他什么了，
yīn cǐ tā zhèng shì suí yīn yuè jiā jì fū ní lǎo shī xué xí suì shí xiāo
因此，他正式随音乐家季夫尼老师学习。7岁时，肖
bāng jiù yǐ jīng chuàng zuò chū zì jǐ de dì yī shǒu zuò pǐn bō lán wǔ qǔ
邦就已经创作出自己的第一首作品《波兰舞曲》，
zhǎn xiàn le guò rén de yīn yuè cái huá
展现了过人的音乐才华。

xiāo bāng de tán zòu néng lì jìn bù hěn kuài kě shuō shì yí rì qiān lǐ
肖邦的弹奏能力进步很快，可说是一日千里，
lìng rén gǎn dào bù kě sī yì tā suì shí jiù zài huá shā de yīn yuè huì shang
令人感到不可思议。他8岁时就在华沙的音乐会上
gōng kāi yǎn zòu xián shú de jì qiǎo yǔ piān piān de fēng dù shǐ tīng zhòng dà
公开演奏，娴熟的技巧与翩翩的风度，使听众大
wéi jīng yà yí zhì rèn wéi tā shì mò zhā tè zài shì
为惊讶，一致认为他是“莫扎特再世”。

cóng zhè shí qī kāi shǐ xiāo bāng shí cháng jí
从这时期开始，肖邦时常即
xìng zuò qǔ yǎn zòu tā fēi cháng shàn cháng zhè lèi
兴作曲、演奏，他非常擅长这类
de yǎn zòu lián é guó de shā huáng yà lì shān dà
的演奏。连俄国的沙皇亚历山大
yī shì dōu céng chū xí xiāo bāng de yǎn zòu huì hái
一世都曾出席肖邦的演奏会，还
cì gěi tā yì méi zuàn shí jiè zhǐ ne
赐给他一枚钻石戒指呢！

yóu yú xiāo bāng de shēn tǐ xū ruò shí cháng shēng bìng suǒ yǐ fù mǔ
由于肖邦的身体虚弱，时常生病，所以父母
qīn bú fàng xīn ràng tā jìn rù zhèng shì de xué xiào dú shū zhǐ ràng tā zài jiā
亲不放心让他进入正式的学校读书，只让他在家
li xué xí gè zhǒng kè chéng suī rán tā xué de háo bú fèi lì yě hěn chū
里学习各种课程。虽然他学得毫不费力，也很出
sè dàn shì zhè zhǒng lí kāi qún tǐ shēng huó de xué xí fāng shì bì jìng bú shì
色，但是这种离开群体生活的学习方式毕竟不是
zhèng cháng de suǒ yǐ xiāo bāng de tóng nián suī rán bèi shòu fù mǔ qīn téng ài
正常的，所以肖邦的童年虽然备受父母亲疼爱，
què quē fá yǔ qí tā hái zi hù dòng de lè qù huò xǔ zhǐ néng shuō shì
却缺乏与其他孩子互动的乐趣。或许只能说：“世
shàng méi yǒu shí quán shí měi de shì yǒu dé jiù yǒu shī ba
上没有十全十美的事，有得就有失吧！”

suì shí xiāo bāng de shēn tǐ bǐ jiào jiàn kāng le fù mǔ cái ràng tā
13岁时，肖邦的身体比较健康了，父母才让他
jìn rù huá shā yīn yuè xué yuàn jiù dú dàn shì lǎo shī men dōu jué de xiāo bāng
进入华沙音乐学院就读，但是老师们都觉得肖邦
de yīn yuè zào yì chāo guo tā men gēn běn méi yǒu bàn fǎ jiāo tā shén me zuì
的音乐造诣超过他们，根本没有办法教他什么，最
hòu zhǐ hǎo yóu xiào zhǎng qīn zì jiāo xiāo bāng xué xí zuò qǔ cǐ hòu xiāo bāng
后只好由校长亲自教肖邦学习作曲。此后，肖邦
méi yǒu zài bài guo shī jiù kě yǐ zì yóu zì zài de chuàng zuò yǔ yǎn zòu le
没有再拜过师就可以自由自在地创作与演奏了，
wèi zì jǐ kāi chuàng chū yí piàn yīn yuè xīn tiān dì
为自己开创出一片音乐新天地。

xiāo bāng shí bā jiǔ suì shí céng dào bó lín wéi yě nà děng dì gōng kāi
肖邦十八九岁时，曾到柏林、维也纳等地公开
yǎn zòu huò dé xǔ duō zhǎng shēng
演奏，获得许多掌声。

huí guó hòu tā ài shang le huá shā yīn yuè xué yuàn gāng bì yè de nǚ
回国后，他爱上了华沙音乐学院刚毕业的女

gāo yīn gē shǒu kāng sī tǎn cí yà kě shì xiāo bāng hěn hài xiū bù gǎn biǎo dá
高音歌手康斯坦茨娅。可是肖邦很害羞，不敢表达
zì jǐ de qíng yì zhǐ hǎo jiāng quán bù de rè qíng tóu rù dào tā de dì èr
自己的情意，只好将全部的热情投入到他的《第二
gāng qín xié zòu qǔ zhōng qí zhōng de dì èr yuè zhāng qí shí jiù shì yì shǒu
钢琴协奏曲》中，其中的第二乐章其实就是一首
xiāng dāng làng màn de qíng shū
相当浪漫的情书。

zài shēng huó shang xiāo bāng chéng xí mǔ qīn de guì zú qì zhì xǐ huan
在生活上，肖邦承袭母亲的贵族气质，喜欢
huá lì de dōng xi hé pái chǎng tā lián xiǎo dào zhuāng shì de niǔ kòu sàn bù
华丽的东西和排场。他连小到装饰的钮扣、散步
yòng de shǒu zhàng yī fu shang de pèi jiàn dōu fēi cháng jiǎng jiū dāng rán gèng
用的手杖、衣服上的配件都非常讲究，当然更
bú yòng shuō tā jiā li de zhuāng huáng bǎi shè gèng shì yōu yǎ měi guān
不用说他家里的装潢、摆设，更是优雅、美观。

suì shí xiāo bāng wèi le shǐ zì jǐ de yīn yuè gèng shàng yì céng lóu
21岁时，肖邦为了使自己的音乐更上一层楼，
bù de bù lí kāi zǔ guó bō lán qián wǎng dāng shí shì jiè de yīn yuè zhōng xīn
不得不离开祖国波兰，前往当时世界的音乐中心
bā lí zài qián wǎng bā lí tú zhōng tā tīng dào huá shā rén mín qǐ yì shī
巴黎。在前往巴黎途中，他听到华沙人民起义失
bài bō lán zài dù lún rù é guó shā huáng tǒng
败，波兰再度沦入俄国沙皇统
zhì de xiāo xi yú shì zài bēi fèn yǔ tòng kǔ
治的消息，于是在悲愤与痛苦
xīn qíng de jiāo zhī xia chuàng zuò le zhù míng de
心情的交织下，创作了著名的
gé mìng liàn xí qǔ zhè shǒu chōng mǎn jī
《革命练习曲》，这首充满激
qíng de jié zuò yuǎn yuǎn chāo guo liàn xí qǔ zhè
情的杰作，远远超过练习曲这

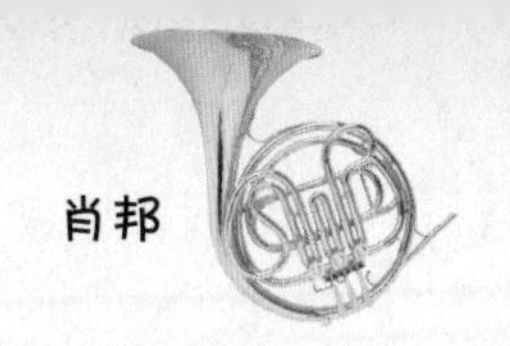

yí yì shù xíng shì chéng wéi bō lán rén mín nèi xīn zuì shēn chén de nà hǎn
一艺术形式，成为波兰人民内心最深沉的呐喊。

zài bā lí xiāo bāng réng wéi chí tā dài yǒu guì zú sè cǎi de shēng huó
在巴黎，肖邦仍维持他带有贵族色彩的生活，
jīng cháng chū xí fǎ guó shàng liú shè huì de jù huì wèi le zhī fù zhè bǐ páng
经常出席法国上流社会的聚会。为了支付这笔庞
dà de kāi xiāo xiāo bāng bì xū bú duàn de chuàng zuò qǔ zi kāi yǎn zòu huì
大的开销，肖邦必须不断地创作曲子、开演奏会
jí jiào dǎo xué sheng bú guò zhè bú shì tā zuì tòng kǔ de shì tā céng jīng
及教导学生。不过这不是他最痛苦的事，他曾经
shuō wǒ zuì nán yǐ rěn shòu de shì duì zǔ guó
说：“我最难以忍受的是对祖国
hé qīn rén de kè gǔ sī niàn
和亲人的刻骨思念。”

yǒu rén jiù wèn tā jì rán rú cǐ nǐ
有人就问他：“既然如此，你
wèi hé bù huí bō lán ne
为何不回波兰呢？”

xiāo bāng tòng kǔ de shuō wǒ bú yuàn yì huí bō lán dāng yì zú tǒng zhì
肖邦痛苦地说：“我不愿意回波兰当异族统治
xia de shùn mín xīn bù gān qíng bú yuàn de wèi tā men yǎn zòu yīn yuè
下的‘顺民’，心不甘情不愿地为他们演奏音乐。”

zhè wèi zài yì xiāng zuò kè de bō lán gū er zhǐ yǒu hé lái fǎng de
这位在异乡作客的“波兰孤儿”只有和来访的
bō lán tóng bāo xiāng chǔ shí cái néng gòu shāo jiǎn nèi xīn de gū jì tā céng
波兰同胞相处时，才能够稍减内心的孤寂。他曾
shuō zhǐ yào tóng bāo lái fǎng wǒ dōu huì zuò xia lai tán qín yǒu shí shèn zhì
说：“只要同胞来访，我都会坐下来弹琴，有时甚至
méi yǒu shuō yí jù huà wǒ de yīn yuè cháng shǐ tā men lèi liú mǎn miàn zhè
没有说一句话。我的音乐常使他们泪流满面，这
yǎn lèi nán dào bú shì mín zú yì shù jiā zuì gāo de shí zì jià ma
眼泪难道不是民族艺术家最高的十字架吗？”

不过，肖邦时常给法国的王公贵族演奏，很受欢迎。他也与当时在巴黎的作曲家柏辽兹、李斯特等人成为好朋友，他们经常一起切磋、研究音乐。李斯特曾赞扬肖邦说：“他是一位杰出的抒情钢琴家，他那轻巧、甜美的手法及作品中的独特魅力，都是无与伦比的。”

肖邦的音乐非常优美动人，能使人浑然忘我。有一次，在法国女作家乔治·桑的客厅里，几位朋友正坐在椅子上听肖邦弹奏钢琴，其中有波兰诗人密茨凯维兹。

突然，一个仆人惊慌失措地跑进来说：“不好了，厨房失火了！”

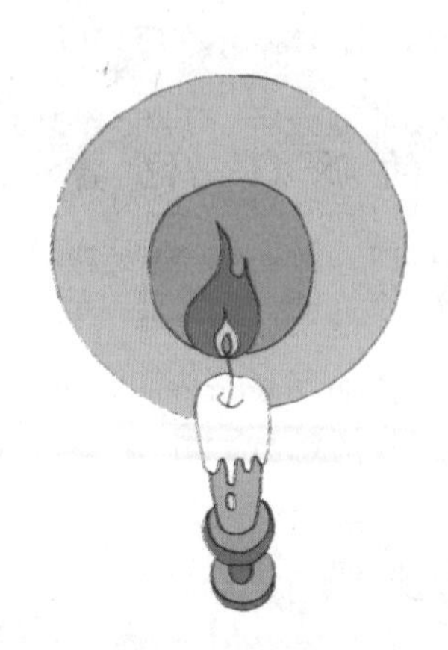

乔治·桑和在座的朋友赶忙去灭火，只留下仍乐思泉涌的肖邦继续在弹奏。半个小时后，厨房里的火扑灭了，这时，大家才发现密茨凯维

zī bù zhī shàng nǎ er qù le
兹不知上哪儿去了。

yú shì tā men dào chù xún zhǎo què zhǎo bu zháo zuì hòu dà jiā shī wàng
于是他们到处寻找，却找不着，最后大家失望
de huí dào kè tīng hū rán qiáo zhì sāng jīng yà de fā chū shēng yīn tā
地回到客厅。忽然，乔治·桑惊讶地发出声音，她
fā xiàn mì cí kǎi wéi zī réng rán zuò zài jiǎo luò de yǐ zi shang hún rán wàng wǒ
发现密茨凯维兹仍然坐在角落的椅子上浑然忘我
de líng tīng xiāo bāng de yǎn zòu
地聆听肖邦的演奏。

yóu yú jiǎo luò hěn hūn àn suǒ yǐ méi yǒu rén fā xiàn
由于角落很昏暗，所以没有人发现
tā zhí dào qiáo zhì sāng zǒu shang qián mì cí kǎi wéi
他。直到乔治·桑走上前，密茨凯维
zī cái huí guò shén wèn dào zěn me le yǒu shén me
兹才回过神，问道：“怎么了？有什么
shì ma
事吗？”

qiáo zhì sāng xiào zhe shuō rú guǒ chú
乔治·桑笑着说：“如果厨
fáng zài qǐ huǒ wǒ kàn yào xiān bǎ nǐ sòng dào ān
房再起火，我看要先把你送到安
quán de dì fang yào bù rán nǐ jiù huì xiàng yì gēn mù chái bān de bèi rán shāo
全的地方，要不然你就会像一根木柴般地被燃烧
qi lai zhè zhēn shì lìng rén nán yǐ xiǎng xiàng de shì
起来，这真是令人难以想象的事。”

mì cí kǎi wéi zī chī jīng de shuō nǐ shuō shén me gāng cái fā shēng
密茨凯维兹吃惊地说：“你说什么？刚才发生
le shén me shì bú shì xiāo bāng zài tán zòu gāng qín ma
了什么事？不是肖邦在弹奏钢琴吗？”

zhè shì yīn wei xiāo bāng de yīn yuè tài měi miào shǐ mì cí kǎi wéi zī
这是因为肖邦的音乐太美妙，使密茨凯维兹

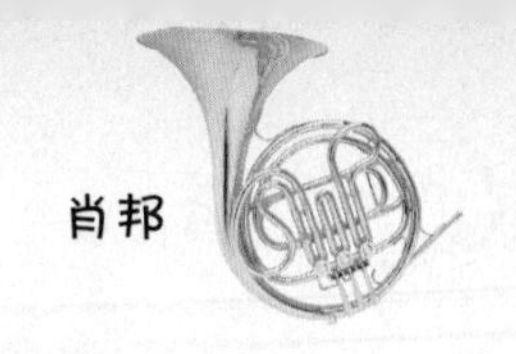

wàng diào le zhōu wéi fā shēng de yí qiè
忘掉了周围发生的一切。

zài xiāo bāng duǎn zàn de yì shēng zhōng yǒu yí duàn shí jiān zhì lì yú péi
在肖邦短暂的一生中，有一段时间致力于培
yǎng nián qīng yí dài de gāng qín jiā duì yú tā suǒ jiāo de xué sheng xiāo bāng
养年轻一代的钢琴家。对于他所教的学生，肖邦
bù jǐn tí gāo tā men de yǎn zòu jì qiǎo tóng shí yě zhù yì péi yǎng tā men
不仅提高他们的演奏技巧，同时也注意培养他们
de rén shēng xiū yǎng xiāo bāng rèn wéi hǎo de gāng qín jiào shī bù jǐn yào bǎ
的人生修养。肖邦认为好的钢琴教师不仅要把
xué sheng péi yǎng chéng huì tán zòu gāng qín de jiàng rén gèng yào shǐ tā men
学生培养成会弹奏钢琴的匠人，更要使他们
chéng wéi néng yòng fēng fù de xīn líng qù gǎn shòu qù gē chàng de zhēn zhèng
成为能用丰富的心灵去感受、去歌唱的真正
yīn yuè jiā
音乐家。

xiāo bāng zài shōu xué sheng shí chú le yào tā men tán zòu gāng qín wài
肖邦在收学生时，除了要他们弹奏钢琴外，
hái huì wèn tā men píng cháng dú xiē shén me shū rú guǒ méi yǒu shè liè wén xué
还会问他们平常读些什么书。如果没有涉猎文学
zuò pǐn jí shǐ gāng qín tán de zài hǎo xiāo bāng yě bù yí dìng huì shōu zhè ge
作品，即使钢琴弹得再好，肖邦也不一定会收这个
xué sheng
学生。

xiāo bāng gāng dào fǎ guó shí céng jīng hé zì jǐ de xué sheng fā shēng le
肖邦刚到法国时，曾经和自己的学生发生了
liàn qíng zuì hòu wú guǒ ér zhōng hòu lái xiāo bāng hé fǎ guó nǚ zuò jiā qiáo
恋情，最后无果而终。后来，肖邦和法国女作家乔
zhì sāng cháng zài yì qǐ rì jiǔ shēng qíng yóu yú qiáo zhì sāng céng lí
治·桑常在一起，日久生情。由于乔治·桑曾离
guo hūn qiě yǒu liǎng ge hái zi yīn cǐ xìn fèng jī dū jiào de xiāo bāng bìng méi
过婚且有两个孩子，因此信奉基督教的肖邦并没

有和她结婚。不过，此时的肖邦已经染患肺病，所幸有健康的乔治·桑照顾，他才可以安心养病与创作。

与乔治·桑一起生活的几年，是肖邦一生中最快乐的日子，文学与音乐结合本来就是他所企望的，而感性又富有文学修养的乔治·桑正符合这种条件。此时，肖邦的音乐想象力和创造力达到巅峰，写出许多具有代表性的作品。

有一天，肖邦和乔治·桑一起在庭院里逗弄一条小狗。这条小狗由于想咬住自己的尾巴而不停地旋转。

乔治·桑问肖邦："你能不能用音乐表现出小狗这一活泼有趣的动作？"

肖邦被她一问，灵感来了，马上回到屋里，掀起钢琴盖，一气呵成地写出一首《小狗圆舞曲》。乐曲中快速重复的旋律音型，生动地表现了小

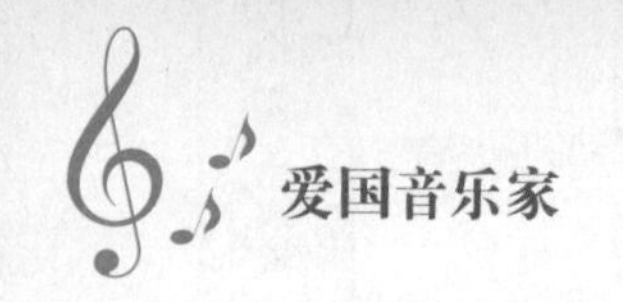

狗追逐自己尾巴团团转的滑稽动作。

1847年，肖邦与乔治·桑的感情出现裂痕，两人都认为情缘已尽，因此分手了。此后，肖邦的健康状况每况愈下，几乎再没写出任何作品。

1848年春天，肖邦举行在巴黎的最后一场演奏会，从演奏会后疲惫的神情可以看出他当时的身体状况已经非常不好。可是，不久以后，肖邦仍然抱病访问英国，他很受英国上流社会的欢迎，而且还在维多利亚女王面前演奏过呢！

然而，伦敦潮湿多雾的气候对他的健康造成更为不良的影响，咳嗽日益加剧，有时连呼吸都感到困难，11月他又回到巴黎，几乎已经病入膏肓了。

1849年10月17日，肖邦终于抵挡不过病魔的侵袭，溘然长逝，

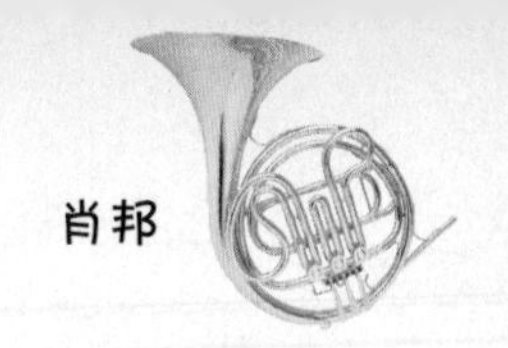

xiǎng nián suì
享年39岁。

zhí dào shēng mìng de jìn tóu xiāo bāng hái shi méi yǒu néng gòu fǎn huí rì
直到生命的尽头，肖邦还是没有能够返回日
sī yè xiǎng de zǔ guó bō lán lín zhōng qián tā gào su yǒu rén zhǐ yào bǎ
思夜想的祖国波兰，临终前，他告诉友人："只要把
wǒ de xīn zàng yùn huí bō lán jiù kě yǐ le
我的心脏运回波兰就可以了。"

xiāo bāng qù shì hòu yǒu rén zūn zhào tā de yí yuàn bǎ tā de xīn zàng
肖邦去世后，友人遵照他的遗愿，把他的心脏
yùn huí bō lán bǎ qū tǐ mái zài fǎ guó bìng zài tā de fén mù sǎ shang yì
运回波兰，把躯体埋在法国，并在他的坟墓撒上一
póu cóng bō lán dài lái de ní tǔ
抔从波兰带来的泥土。

悲怆音乐家

柴可夫斯基

(1840年—1893年)

nián chái kě fū sī jī chū shēng zài é guó de fú tè jīn sī kè
1840年，柴可夫斯基出生在俄国的伏特金斯克
chéng tā de fù qīn shì yě jīn gōng chǎng de chǎng zhǎng jiān gōng chéng shī
城。他的父亲是冶金工厂的厂长兼工程师，
mǔ qīn jù yǒu fǎ guó xuè tǒng
母亲具有法国血统。

chái kě fū sī jī de mǔ qīn hěn xǐ huan yīn yuè yě hěn huì chàng gē
柴可夫斯基的母亲很喜欢音乐，也很会唱歌，
yīn cǐ chái kě fū sī jī cóng xiǎo jiù xiǎn lù chu duì yīn yuè de piān hào zhè
因此柴可夫斯基从小就显露出对音乐的偏好，这
yīng gāi shì yí chuán zì tā de mǔ qīn cóng suì kāi shǐ tā jiù huì zài jiā
应该是遗传自他的母亲。从4岁开始，他就会在家
zhōng de gāng qín shang tán zòu dào suì shí zài mǔ qīn de jiào dǎo xià biàn
中的钢琴上弹奏，到6岁时，在母亲的教导下，便
zhǎng wò le chū bù de tán zòu jì qiǎo
掌握了初步的弹奏技巧。

tā suì shí yóu yú fù qīn gōng zuò de diào dòng jǔ jiā qiān wǎng shèng
他8岁时，由于父亲工作的调动，举家迁往圣
bǐ dé bǎo yú shì chái kě fū sī jī jìn rù dāng dì de xué xiào jiù dú
彼得堡，于是，柴可夫斯基进入当地的学校就读，

bìng kāi shǐ jiē shòu zhèng shì de gāng qín jiào yù bú guò dì èr nián fù qīn
并开始接受正式的钢琴教育。不过，第二年父亲
de gōng zuò yòu diào dòng le tā men bān lí le shèng bǐ dé bǎo tā de gāng
的工作又调动了，他们搬离了圣彼得堡，他的钢
qín kè chéng yě suí zhī zhōng duàn
琴课程也随之中断。

suī rán fù mǔ qīn zhī dào chái kě fū sī jī yǒu yīn yuè tiān fèn dàn shì
虽然父母亲知道柴可夫斯基有音乐天分，但是，
shì fǒu yào ràng tā chéng wéi yí wèi yīn yuè jiā fù mǔ qīn yǒu guo jī
是否要让他成为一位音乐家，父母亲有过激
liè de tǎo lùn mǔ qīn shuō jì rán hái zi yǒu yīn yuè tiān fèn
烈的讨论。母亲说：“既然孩子有音乐天分，
duì yīn yuè yě hěn yǒu xìng qù jiù yīng gāi ràng tā shùn zhe
对音乐也很有兴趣，就应该让他顺着
tiān xìng fā zhǎn cái duì
天性发展才对。”

fù qīn què bù yǐ wéi rán de shuō shēng huó shì xiàn
父亲却不以为然地说：“生活是现
shí de xìng qù bù néng dāng fàn chī nǐ kàn xiàn zài de yīn
实的，兴趣不能当饭吃。你看现在的音
yuè jiā quán dōu guò zhe qióng kùn liáo dǎo de shēng huó nán dào nǐ xī wàng hái zi
乐家全都过着穷困潦倒的生活，难道你希望孩子
rì hòu de shēng huó zhè yàng ma
日后的生活这样吗？”

mǔ qīn tīng fù qīn zhè yàng shuō yě yǒu xiē dān xīn le wèn nà nǐ
母亲听父亲这样说，也有些担心了，问：“那你
rèn wéi zěn me yàng bǐ jiào hǎo
认为怎么样比较好？”

fù qīn shuō wèi le shǐ tā rì hòu de shēng huó bǐ jiào yǒu bǎo zhàng
父亲说：“为了使他日后的生活比较有保障，
wǒ xī wàng tā xuǎn dú fǎ lǜ kè chéng zhì yú yīn yuè fāng miàn jiù shùn qí
我希望他选读法律课程。至于音乐方面，就顺其

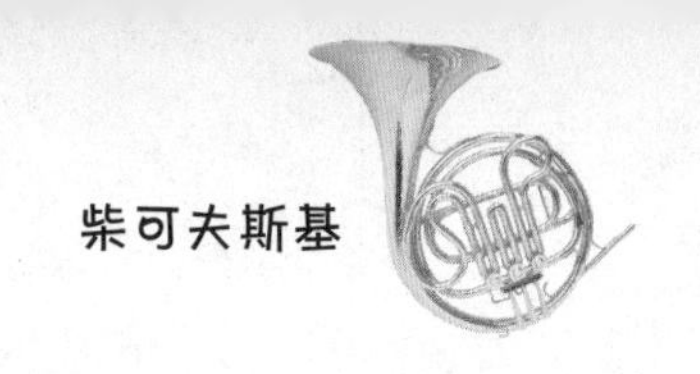

zì rán dàng zuò xiāo qiǎn yú lè ba
自然，当做消遣娱乐吧！”

mǔ qīn suī rán hěn wèi chái kě fū sī jī de yīn yuè cái huá gǎn dào
母亲虽然很为柴可夫斯基的音乐才华感到
kě xī yě bù de bù xiàng xiàn shí shēng huó dī tóu zuì zhōng tóng yì le
可惜，也不得不向现实生活低头，最终同意了
zhàng fu de jué dìng yīn cǐ chái kě fū sī jī suì shí jiù yǔ xiōng zhǎng
丈夫的决定。因此，柴可夫斯基10岁时就与兄长
yì qǐ lí jiā qián wǎng shèng bǐ dé bǎo jìn rù yì jiā fǎ lǜ yù bèi xué xiào
一起离家前往圣彼得堡，进入一家法律预备学校
jiù dú
就读。

zài dú shū qī jiān chái kě fū sī jī duì yīn yuè bìng méi yǒu shī qù xìng
在读书期间，柴可夫斯基对音乐并没有失去兴
qù kòng xián shí tā kāi shǐ cháng shì zuò qǔ
趣，空闲时，他开始尝试作曲。

chái kě fū sī jī duì yīn yuè fēi cháng mǐn gǎn tā de yí wèi nǚ jiā tíng
柴可夫斯基对音乐非常敏感，他的一位女家庭
jiào shī céng shuō yīn yuè duì chái kě fū sī jī de shén jīng xì tǒng zǒng shì yǒu
教师曾说：“音乐对柴可夫斯基的神经系统总是有
yí fèn qí tè de xīng fèn zuò yòng
一份奇特的兴奋作用。”

nǚ jiā tíng jiào shī céng jīng fā xiàn chái kě fū sī jī mǒu cì tīng wán yīn
女家庭教师曾经发现柴可夫斯基某次听完音
yuè huì huí lai shī shén de zuò zài chuáng shang hǎn zhe zhè yīn yuè zhè yīn
乐会回来，失神地坐在床上喊着：“这音乐，这音
yuè a bǎ tā ná zǒu ba tā jiù zài wǒ nǎo hǎi li bú ràng wǒ shuì jiào
乐啊！把它拿走吧！它就在我脑海里，不让我睡觉。”

nián chái kě fū sī jī cóng fǎ lǜ xué xiào bì yè suí jí jìn rù
1859年，柴可夫斯基从法律学校毕业，随即进入
fǎ yuàn dān rèn mì shū yóu yú tā duì kū zào de fǎ lǜ gōng zuò shí zài méi
法院担任秘书。由于他对枯燥的法律工作实在没

兴趣，而追求音乐的欲望却与日俱增，所以在1861年，他极力说服父亲，同意让他在工作之余进入大钢琴家安东·鲁宾斯坦设立的音乐教室学习作曲。

1862年，安东·鲁宾斯坦的音乐教室升格成为圣彼得堡音乐学院，于是柴可夫斯基顺理成章地辞去法院秘书的工作，正式成为音乐学院的学生。

在音乐学院里，他认真而努力地学习，对老师所讲授的音乐知识都能虚心接受，所以进步很快。这一时期，他完成了一些管弦乐及室内乐小品的创作。

3年后，柴可夫斯基从音乐学院毕业，毕业作品是一部以席勒《欢乐颂》为题材而写的清唱剧，结果获得了尼古拉·鲁宾斯坦（安东·鲁宾斯坦的弟弟）的赏识，并邀请他到莫斯科的音乐教室担任和声学老师。

柴可夫斯基刚到任，尼古拉·鲁宾斯坦的音乐教室就改制成莫斯科音乐学院，与哥哥安东·鲁宾斯坦创设的圣彼得堡音乐学院同时成为俄国最富盛名的两家音乐学府。虽然在莫斯科音乐学院教书的待遇不高，但是柴可夫斯基却有比较充裕的时间作曲，因此，在教音乐的第一年内，他就完成了第一号交响曲《冬之梦》。

1868年，柴可夫斯基开始积极与俄国国民乐派“五人组”的成员交往。隔年，他接受该组织领导人的建议，写了著名的管弦乐幻想序曲《罗密欧与朱丽叶》。

然而，此时柴可夫斯基的作曲风格却逐渐与俄国国民乐派疏离。国民乐派主张采用民族素材写作具有民族特色的音乐，而柴可夫斯基的风格则比较倾向于西欧作曲家的乐风。后来，这两种不同的作曲方向成了19世纪后半期俄国乐坛的两大主流。

1875年至1880年间，柴可夫斯基完成了许多杰作，像《第三交响曲》、芭蕾音乐《天鹅湖》、钢琴曲集《四季》、幻想曲《暴风雨》、《意大利随想曲》、《D大调小提琴协奏曲》及歌剧《叶甫盖尼·奥涅金》等。这些作品的成功增加了柴可夫斯基在俄国乐坛的分量，也使他成为国际瞩目的俄国作曲家。

1876年，柴可夫斯基的第一部舞剧《天鹅湖》正式公演。舞剧取材于俄罗斯民间故事《天鹅公主》和德国作家的童话《天鹅湖》。这部舞剧音乐被称为"第一次使舞蹈作品具有了音乐的灵魂"，因为以音乐为主的完整舞剧此前是没有的。柴可夫斯基强调舞剧音乐自身的发展，创造出独立的舞剧音乐。从此，《天鹅湖》就再也没有离开过世界的芭蕾舞台，《天

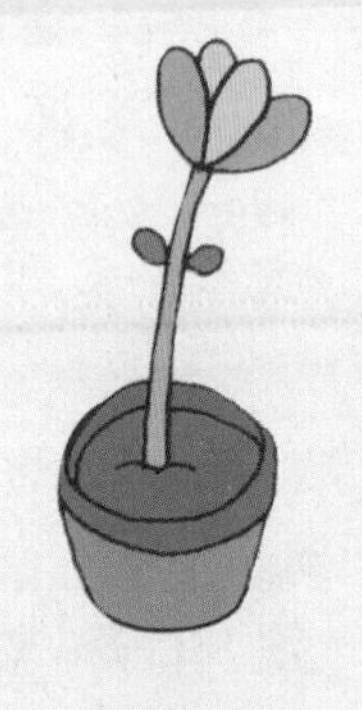

鹅湖》就等于是芭蕾的同义词，留存在世人的记忆中。

除此之外，在这一段时期，柴可夫斯基又经历了两件与女性有关的重大事件。首先是在1876年底，柴可夫斯基开始了与梅克夫人之间长达13年的神秘交往。他们的感情很难用言语形容。是友情？是爱情？还是柏拉图式的精神恋爱？恐怕连他们自身都无法解释。

梅克夫人是一位富商的遗孀，有一天，钢琴家鲁宾斯坦在梅克夫人的客厅演奏柴可夫斯基的《暴风雨》。听着听着，梅克夫人忽然走进隔壁一间没有开灯的黑暗房间，静静地聆听这首曲子。

音乐结束后，梅克夫人眼中闪着异彩回到客厅，急切地问："这首曲子是谁作的？我觉得这首曲子比我曾经听过的任何曲子都好听，而且非常合我的胃口。"

lǔ bīn sī tǎn zhèng zhòng de huí dá zhè shì yí wèi fàng qì fǎ yuàn mì
鲁宾斯坦郑重地回答："这是一位放弃法院秘
shū zhí wèi zài méi yǒu shōu rù de qián tí xià jué dìng yì shēng cóng shì yīn
书职位，在没有收入的前提下，决定一生从事音
yuè chuàng zuò de nián qīng rén pǔ xiě de tā jī hū yào xiàng pín kùn tóu xiáng
乐创作的年轻人谱写的。他几乎要向贫困投降
le kě shì zuì hòu hái shi jué dìng yǎo jǐn yá guān jì xù chēng xia qu fū
了，可是最后还是决定咬紧牙关继续撑下去。夫
rén néng fǒu qǐng nín bāng zhù zhè wèi zuò zhě chái kě fū sī jī
人，能否请您帮助这位作者柴可夫斯基？"

méi kè fū rén xiào le ér qiě diǎn tóu dā ying tā měi nián zī zhù chái
梅克夫人笑了，而且点头答应，她每年资助柴
kě fū sī jī lú bù ràng tā zhuān xīn cóng shì yīn yuè chuàng zuò jiù
可夫斯基6000卢布，让他专心从事音乐创作。就
zhè yàng méi kè fū rén zài rèn shi chái kě fū sī jī zhī qián jiù xiān rèn shi
这样，梅克夫人在认识柴可夫斯基之前，就先认识
le tā de yīn yuè
了他的音乐。

zài wǎng hòu de nián zhōng tā men cóng méi yǒu jiàn guo miàn zhǐ yǐ
在往后的13年中，他们从没有见过面，只以
tōng xìn wǎng lái zài xìn zhōng tā men tán de zuì duō de shì yīn yuè yě shè
通信往来。在信中，他们谈的最多的是音乐，也涉
jí xīn líng shēn chù zuì yǐn mì zuì xì wēi de shì wù
及心灵深处最隐秘、最细微的事物。

yǔ méi kè fū rén jiāo wǎng qī jiān chái kě fū sī jī dí què zài wù zhì
与梅克夫人交往期间，柴可夫斯基的确在物质
yǔ jīng shén shang huò dé le xǔ duō tā de yīn yuè chuàng zuò zài zhè duàn
与精神上获得了许多，他的音乐创作在这段
shí jiān yě shì zuì fēng fù de rán ér shì jiè shang bù kě
时间也是最丰富的。然而，世界上不可

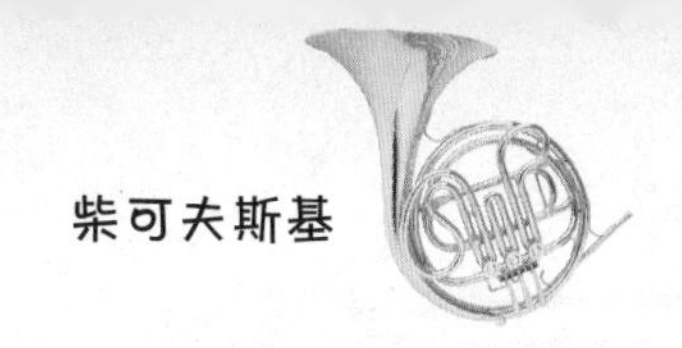

néng yǒu wán měi de shì wù gèng hé kuàng tā men de guān xi yòu shì nà me de
能有完美的事物，更何况他们的关系又是那么的
qí tè nián chái kě fū sī jī shōu dào méi kè fū rén de yì fēng xìn
奇特。1890年，柴可夫斯基收到梅克夫人的一封信：
wǒ de chǎn yè yǐ jīng bīn lín pò chǎn kǒng pà wú fǎ zài
“我的产业已经濒临破产，恐怕无法再
jì qián gěi nǐ le
寄钱给你了。”

suī rán chái kě fū sī jī zhè shí yǐ shì yí ge
虽然柴可夫斯基这时已是一个
dì wèi wěn gù de zhī míng zuò qǔ jiā ér qiě cóng
地位稳固的知名作曲家，而且从
nián qǐ é guó zhèng fǔ yě měi nián fā bǔ zhù
1888年起，俄国政府也每年发补助
jīn gěi tā shēng huó yǐ bù jiān nán dàn shì yǔ méi kè
金给他，生活已不艰难，但是与梅克
fū rén de yǒu yì què yǐ bēi jù jié shù duì tā jīng shén shang zào chéng xiāng
夫人的友谊却以悲剧结束，对他精神上造成相
dāng dà de dǎ jī
当大的打击。

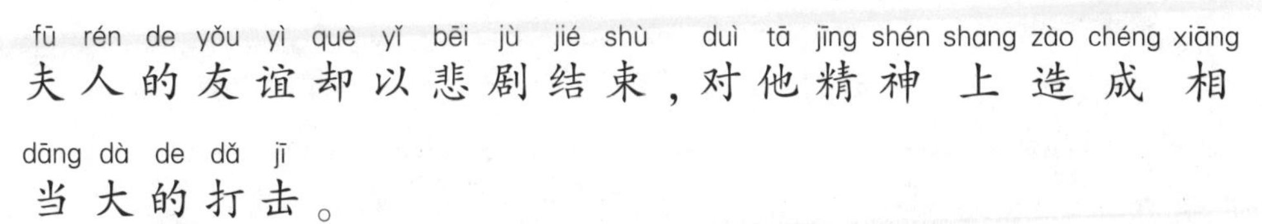

lìng wài yí ge shì jiàn fā shēng zài nián chái kě fū sī jī bèi rén
另外一个事件发生在1877年，柴可夫斯基被人
huái yí shì tóng xìng liàn zhě zhè ràng tā gǎn dào fēi cháng kùn rǎo gāng hǎo yí
怀疑是同性恋者，这让他感到非常困扰。刚好一
wèi zì chēng shì mò sī kē yīn yuè xué yuàn xué sheng de nǚ hái xiě le yì fēng
位自称是莫斯科音乐学院学生的女孩，写了一封
rè qíng de yǎng mù xìn gěi chái kě fū sī jī bìng yāo qiú hé tā jiàn miàn
热情的仰慕信给柴可夫斯基，并要求和他见面。

tā men jiàn miàn yǐ hòu nǚ hái xī wàng chái kē fū sī jī néng qǔ tā
他们见面以后，女孩希望柴科夫斯基能娶她
wéi qī wèi le dǎ pò liú yán fēi yǔ chái kě fū sī jī cāng cù de dā ying
为妻。为了打破流言飞语，柴可夫斯基仓促地答应

le zhè mén hūn shì
了这门婚事。

shì shí zhèng míng chái kě fū sī jī de jué dìng shì cǎo shuài ér cuò wù
事实证明柴可夫斯基的决定是草率而错误
de hūn hòu cái ge xīng qī chái kě fū sī jī jiù yīn wei bù néng shì yìng
的，婚后才7个星期，柴可夫斯基就因为不能适应
hūn yīn shēng huó ér bīn lín jīng shén bēng kuì ér qiě tā fā xiàn qī zi duì tā
婚姻生活而濒临精神崩溃，而且他发现妻子对他
suǒ zhēn ài de yīn yuè mò bù guān xīn yě gēn běn bú yuàn yì cān jiā tā de
所珍爱的音乐漠不关心，也根本不愿意参加他的
yīn yuè huì zài jí dù shī wàng xià tā xuǎn zé dào ruì shì jí yì dà lì děng
音乐会。在极度失望下，他选择到瑞士及意大利等
dì lǚ xíng yǐ táo bì hūn yīn tóng nián zhè duàn cǎn tòng de hūn yīn xuān gào jié
地旅行以逃避婚姻。同年，这段惨痛的婚姻宣告结
shù tā men lí hūn le
束——他们离婚了。

nián nián dǐ chái kě fū sī jī dì èr cì dào
1887年年底，柴可夫斯基第二次到
ōu zhōu lǚ xíng yǎn chū zài gè dì yīn yuè zhòng zhèn xún
欧洲旅行演出，在各地音乐重镇巡
huí zhǐ huī yǎn zòu zì jǐ de zuò pǐn huò dé le jù dà
回指挥演奏自己的作品，获得了巨大
chéng gōng zhè yí cì tā hái jiàn dào le bó lā mǔ
成功。这一次，他还见到了勃拉姆
sī dé wò xià kè chá lǐ shī tè láo sī děng zhī míng
斯、德沃夏克、查理·施特劳斯等知名
de zuò qǔ jiā
的作曲家。

huí guó hòu chái kě fū sī jī wán chéng le dì wǔ jiāo xiǎng qǔ zhè
回国后，柴可夫斯基完成了《第五交响曲》这
shǒu jié chū de zuò pǐn nián tā yòu xiě chū zhù míng de bā léi yīn yuè
首杰出的作品。1889年他又写出著名的芭蕾音乐

《睡美人》。

1890年，柴可夫斯基再次赴意大利旅游，他在佛罗伦萨时完成了歌剧《黑桃皇后》。

1891年，柴可夫斯基到美国访问，并且在纽约、华盛顿、巴尔的摩、波士顿及费城等地指挥演出自己的作品，受到了人们热烈的欢迎。

1893年，柴可夫斯基重新提笔创作他的《第六交响曲》，他一改传统方式，采用慢板以暗示出绝望与死亡特征的交响曲。首演时，虽然观众仍然给予掌声，但是人们并没有体会出柴可夫斯基是借这首曲子来倾诉自己内心的忧伤、痛苦与失望，所以当时观众的反应并不十分热烈。

几天后，柴可夫斯基生病了，他说："我只是不小心喝下一杯不干净的生水而得了霍乱。"不久，

chái kě fū sī jī jiù bìng shì le
柴可夫斯基就病逝了。

yì xīng qī hòu dāng zhè shǒu jiāo xiǎng qǔ zài chái kě fū sī jī de jì
一星期后，当这首交响曲在柴可夫斯基的纪

niàn yīn yuè huì shang zài dù bèi yǎn zòu shí guān zhòng men xīn yǒu suǒ gǎn zhōng
念音乐会上再度被演奏时，观众们心有所感，终

yú tǐ huì chū zhè shǒu yuè qǔ li suǒ yùn hán de bēi tòng ér zhè shǒu yǐ bēi
于体会出这首乐曲里所蕴含的悲痛。而这首以《悲

chuàng wéi míng de jiāo xiǎng qǔ yě chéng wéi chái kě fū sī jī yì shēng zhōng
怆》为名的交响曲，也成为柴可夫斯基一生中

zuì qī měi de tiān é zhī gē
最凄美的“天鹅之歌”。

chái kě fū sī jī bìng bú shì yīn yuè shén tóng yě bú shì yīn yuè tiān
柴可夫斯基并不是音乐神童，也不是音乐天

cái dàn shì tā fēi cháng qín miǎn tā de zuò pǐn shù liàng hěn duō tí cái yě
才，但是他非常勤勉。他的作品数量很多，题材也

hěn guǎng fàn shì yì bān zuò qǔ jiā bǐ bu shàng de tā de wǔ jù yīn yuè
很广泛，是一般作曲家比不上的。他的“舞剧音乐”

jī hū chéng le tā yīn yuè de bié míng jiù xiàng jiāo xiǎng yuè chéng wéi bèi duō
几乎成了他音乐的别名，就像交响乐成为贝多

fēn de bié míng yí yàng
芬的别名一样。